Die Säugetiere

Anatomie • Verhalten • Lebensraum

www.contmedia.com
Gesamtkonzept und Layout: contmedia GmbH
Naumann & Göbel Verlagsgesellschaft mbH, Köln

ISBN 3-625-21128-9

Bilder, soweit nicht anders benannt: Archiv der contmedia GmbH

Die Säugetiere

Anatomie • Verhalten • Lebensraum

Inhalt

URSPRÜNGLICHE SÄUGER 54

UNPAARZEHER 62

PAARZEHER 68

RÜSSELTIERE 80

MEERESSÄUGER 86

ANHANG 94

Einleitung

Die wohl bekannteste Klasse unseres Tierreiches ist die der Säugetiere, nicht zuletzt, weil sie den Menschen selbst mit einschließt. Viele Säugetiere befinden sich in unserem direkten Umfeld. Einige von ihnen halten wir uns als Arbeitstier (Pferd) oder Beschützer (Hund), andere sichern uns hochwertige Nahrungsmittel (Rind).

Alle Säugetiere besitzen einen geschlossenen, leistungsfähigen Blutkreislauf und ein Herz mit je zwei Kammern und zwei Vorkammern. Sie atmen mit Lungen und verfügen über ein verzweigtes Nervensystem. Der Schädel ist von der Wirbelsäule getrennt. Die Anzahl der Halswirbel beträgt immer sieben. Sie fallen je nach Tier unterschiedlich groß aus; bei einigen wenigen Tieren sind sie teilweise miteinander verschmolzen.

Die hoch entwickelten Säugetiere haben gut funktionierende Sinnesorgane und ein leistungsfähiges Gehirn. Ihre Warmblütigkeit macht sie relativ unabhängig von Temperaturschwankungen. Die Körperbedeckung der meisten Säugetiere besteht aus Haaren oder Borsten, Schuppen oder Stacheln.

Säugetiere pflanzen sich durch Befruchtung der Weibchen durch die Männchen fort. Die Weibchen gebären lebende Junge, die sich im Mutterleib entwickelt haben und dann durch Muttermilch ernährt werden, die sie aus Brustdrüsen oder Zitzen saugen. Eine Ausnahme bilden die Beuteltiere, die ihre Jungen noch unreif gebären. Die weitere Entwicklung findet dann im Beutel der Mutter statt. Andere Ausnahmen sind die Kloakentiere bzw. Eileger, Ameisenigel und Schnabeltiere. Diese legen Eier, nach der Geburt werden die Jungen aber gesäugt wie andere Säugetiere auch.

Schnabeltiere leben in verschiedenen Flüssen Australiens und Tasmaniens. Eine Besonderheit dieser Säugetiere ist der Giftsporn der Männchen.

Dem ebenfalls in Australien lebenden Ameisenigel fehlen im Gegensatz zu den meisten Säugern die Zähne. Sie sind durch Hornleisten ersetzt. Ihre Nahrung besteht aus Würmern, Insekten, Ameisen und Termiten, die sie mit ihrer Zunge vom Boden auflecken.

Die Entwicklung der Säugetiere begann vor etwa 220 Mio. Jahren im Obertrias. Zunächst spielten sie eine nur untergeordnete Rolle, denn damals dominierten Reptilien die Tierwelt, vor allem die Dinosaurier. Einfache Arten der Säugetiere, die aus den Reptilien hervorgingen, sind die bereits erwähnten Eileger. Andere frühe Säuger waren wühl- oder spitzmausartige Tiere, die sich von Kleintieren und Pflanzen ernährten.

Mit dem Aussterben der Dinosaurier vor 65 Mio. Jahren wandelte sich das Bild der Erde. Die artenreiche Entwicklung der Säuger begann, bis sie vor etwa 15 Mio. Jahren den Höhepunkt ihrer Vielfalt erreichte. Als sich in den anschließenden Jahren die klimatischen Bedingungen verschlechterten und ein Rückgang vieler tropischer Regenwälder eintrat, kam es zu einem großen Artenschwund. Mit zeitweiligen Eiszeiten im Pleistozän vor 2 Mio. Jahren entwickelten sich neue, oftmals große Säuger wie Mammuts, Riesenhirsche oder Wollnashörner. Diese starben in den letzten 12 000 Jahren wieder vollständig aus.

Je nach Lebensraum entwickelten sich andere Säugetiere weiter. Zur schnellen Fortbewegung in der Savanne oder der Prärie bildeten sie lange, schlanke Beine aus, zum Klettern auf Bäumen bewegliche Gliedmaßen mit langen Fingern zum Greifen.

Die Gebissform unterscheidet sich je nach Art der Nahrung. Alle Säuger aber bekommen im Laufe ihres Lebens zunächst ein Milchgebiss, später ein Dauergebiss.

KAPITEL 1

Fleder-tiere

Zur Familie der Fledertiere (auch Flattertiere) gehören die Unterordnungen der Fledermäuse und Flederhunde. Fledertiere bildeten als einzige Säugetiere ihre Vordergliedmaßen zu richtigen Flügeln aus.

Ihr Körper ist gedrungen mit einem kurzen Hals und einem länglichen Kopf. Die Hände sind stark vergrößert, die Finger, zwischen denen sich die Flughaut befindet, verlängert. Lediglich der Daumen hat eine Kralle, die das Klettern oder Festhängen ermöglicht.

Die Flughäute mit einer Spannweite von 20–60 cm werden schirmartig ausgebreitet für einen flatternden Flug. Zum Ruhen hängen sich die Tiere mit den Krallen ihrer Hinterbeine an Mauervorsprünge oder Balken. Der gesamte Körper einschließlich Kopf hängt so nach unten; dabei liegen die Flugorgane eng am Körper an. Zur Steuerung beim Fliegen dient den Fledertieren die Schwanzhaut. Die Tiere sind geschickte Flieger, auf dem Boden jedoch recht unbeholfen.

Sie jagen in der Dämmerung vor allem Käfer und Schmetterlinge. Dabei profitieren die Fledertiere von ihren gut ausgeprägten Sinnen, denn auch bei völliger Dunkelheit nehmen sie die kleinsten Hindernisse wahr.

Die Weibchen dieser Tierfamilie gebären meistens ein Junges, das sie in den ersten Lebensmonaten ständig mit sich herumtragen. Unsere heimischen Arten halten einen Winterschlaf. Dazu suchen sie sich eine Höhle, einen Dachboden oder ein Kellergewölbe.

Fledermäuse

Die Fledermaus ist ein kleines flugfähiges Säugetier. Ihre Flugfähigkeit verdankt sie einer zarten Flughaut, die sich um den ganzen Körper spannt.

Seitlich am Körper der Fledermäuse, die bis zu 16 Jahre alt werden können, ist die große Armflughaut angewachsen. Sie wird von Ober- und Unterschenkel, Ober- und Unterarm sowie den stark verlängerten Mittelhand- und Fingerknochen ausgespannt. Die kleinere Schwanzflughaut wird von Hinterbeinen und Schwanz gehalten.

Das Tier ist mausgrau behaart und hat am Kopf auffällige Ohrmuscheln mit so genannten „Ohrdeckeln“.

Fledermäuse haben schlechte Augen, dafür aber ein ausgezeichnetes Gehör. Bis zu 170-mal in der Sekunde stoßen sie sehr hohe Schreie aus, die wir nicht hören können, denn die Frequenz liegt im Ultraschall-Bereich.

Wenn diese Schallwellen auf Beutetiere oder Hindernisse treffen, werden sie als Echo zurückgeworfen. Die Fledermäuse hören das Echo und orientieren sich daran. Auch die Auswüchse an den Nasen einiger Arten dienen vermutlich dem Auffangen des Echos. Über diese so genannte Echopeilung ist es ihnen möglich, in tiefster Finsternis in Höhlen oder Wäldern umherzufliegen, ohne anzustoßen. Auf die gleiche Art erbeuten sie Nahrung (siehe Abb. Seite 12).

Mit ihren nicht in die Flughaut eingeschlossenen, scharf bekrallten Füßen können sie ihre Beute packen und halten. Zum Laufen sind diese Füße kaum geeignet. Sie können sich damit, wenn überhaupt, nur humpelnd über den Boden bewegen.

An Bäumen und Wänden klettern Fledermäuse jedoch geschickt auf- und abwärts. Zum Schlafen hängt die Fledermaus an den Hinterbeinen, den Kopf nach unten. Will sie fliegen, lässt sie sich fallen und breitet im gleichen Moment ihre Flughaut aus.

Im Oktober beginnt die Fledermaus mit ihrem Winterschlaf. Hierfür sucht sie sich einen Schlupfwinkel in einem frostfreien und feuchten, aber kühlen Keller oder Stollen, wo sie bis Anfang März bleibt. Einige Arten fliegen mehrere hundert Kilometer weit, um zu ihrem Winterquartier zu gelangen, andere bleiben in der Nähe.

Fast immer finden sich große Gruppen in den Winterquartieren zusammen. Für den Winterschlaf

Fledermaus (Hufeisennase)

Verbreitung:	Lebensraum:
Weltweit außer in den Polargebieten	**Tropische, subtropische und gemäßigte Klimata**

Jedes vierte Säugetier ist eine Fledermaus! Sie ist das einzige Säugetier, das richtig fliegen kann. Die Hufeisennase gehört zu einer Familie von 52 Arten. Zur Orientierung sendet sie Ultraschallwellen durch ihre Nase.

Fledermaus

senken die Fledermäuse die Körpertemperatur und drosseln den Stoffwechsel auf ein Minimum. Nur so reichen die Reserven, die sie sich im Sommer angefressen haben, über den Winter. Jede Störung während der Winterruhe, wenn z. B. Menschen die Höhle betreten, um sich die Tiere anzuschauen, verbraucht zusätzliche Energie, um den Körper aufzuheizen und den Stoffwechsel in Gang zu bringen. Dadurch können die Reserven vorzeitig verbraucht werden. Dann verhungert die Fledermaus, bevor es Frühling wird und wieder die ersten Insekten fliegen.

Eine häufige Art ist die **Ohrenfledermaus**. Sie findet sich in ganz Europa mit Ausnahme der nördlichen Länder, die über dem 60. Breitengrad liegen. Sie lebt in der Nähe von Siedlungen, in Gärten, in hohlen Bäumen oder Dachböden.

Die Ohrenfledermaus wird nur etwa 8,4 cm lang. Davon machen

Fledermaus (Skelett)

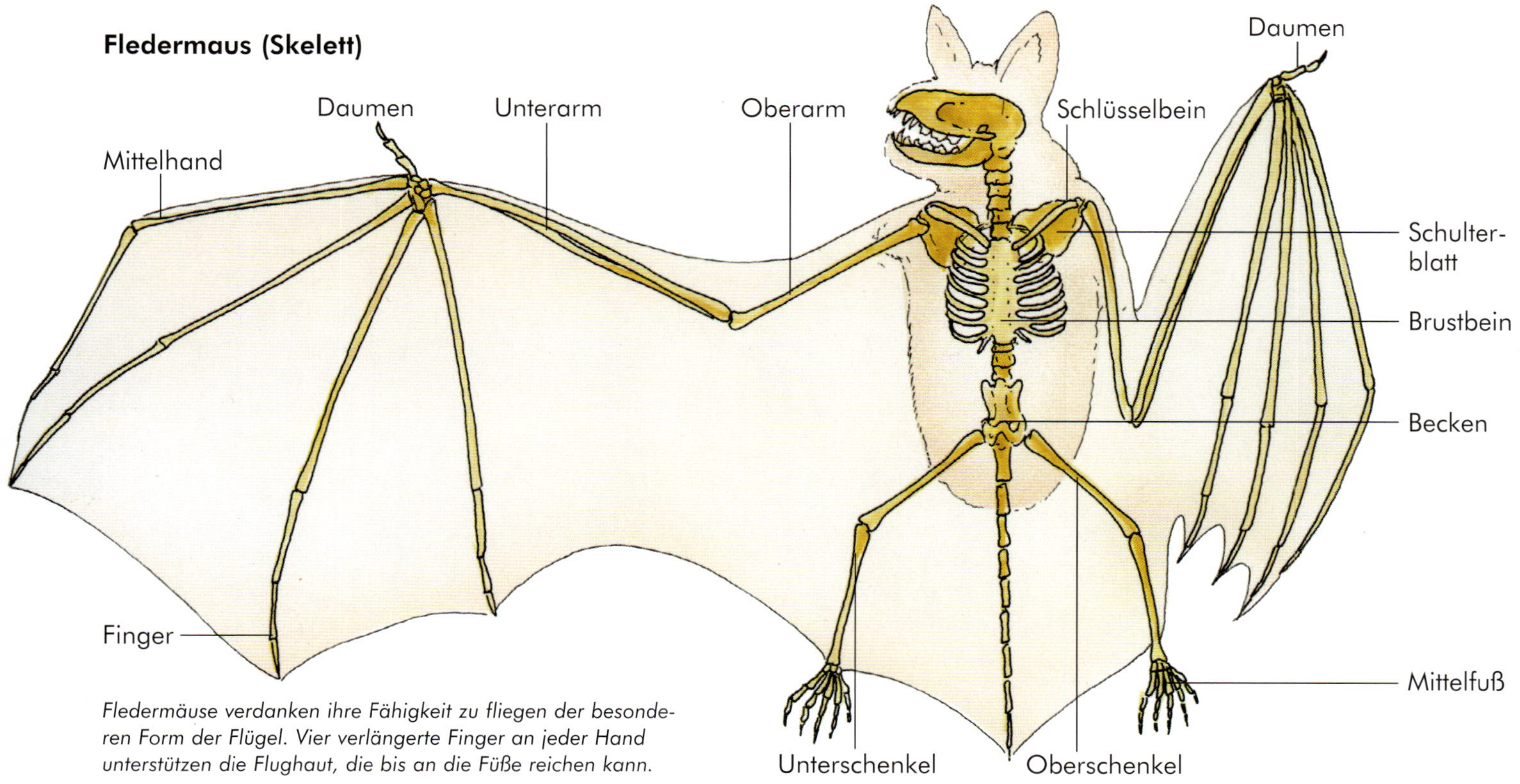

Fledermäuse verdanken ihre Fähigkeit zu fliegen der besonderen Form der Flügel. Vier verlängerte Finger an jeder Hand unterstützen die Flughaut, die bis an die Füße reichen kann.

4 cm den Schwanz aus. Ihre Flugspannweite beträgt 24 cm. Das überproportional große Ohr ist 3,3 cm lang. Während des Fluges wird das riesige Ohr, das zahlreiche Querfalten hat, bogenförmig nach außen gekrümmt, so dass seine Spitze aufrecht nach vorn steht. Im Schlaf, wenn die Fledermaus hängt, steckt sie die Ohren unter die Flügel.

Das Gesicht der Fledermaus ist lang behaart, im Bereich der Lippen hängen weißliche Barthaare herab. Der lange Pelz ist überwiegend graubraun, bei den Jungen etwas dunkler.

Mit 13 cm Länge (5 cm davon sind Schwanz) ist das so genannte **Mausohr** die größte Fledermaus Mitteleuropas. Ihre Flughaut hat eine Spannweite von 37 cm. Auf dem Rücken ist sie rötlich braun, auf der Unterseite hell. Tagsüber findet man diese Art überwiegend in ruhigen Verstecken wie Dachböden, Kirchen oder Schlössern. Das Mausohr ist weit verbreitet und auch im Gebirge noch bis 1 200 m Höhe zu finden. Im Winter sucht sich das Mausohr gemeinsam mit vielen Artgenossen einen Platz in einer Höhle oder einem Gewölbe.

Der **Abendsegler**, der in ganz Europa vorkommt, wird 11 cm lang, wovon 4 cm Schwanzlänge sind. Seine Flughaut lässt sich 37 cm weit ausspannen. Er wohnt in Spechtlöchern und Baumritzen. Man erkennt seine Wohnhöhlen an dem fettigen und riechenden Eingang. Zum Jagen verlässt er seinen Unterschlupf häufig schon vor Sonnenuntergang.

Die **Vampire** sind gefürchtete Fledermäuse. Sie leben in den Urwäldern Mittel- und Südamerikas. Die 8 cm langen Tiere haben große, auffällige Ohren und keinen Schwanz. Sie ernähren sich ausschließlich von Blut. Dazu beißen sie mit ihren Zähnen tiefe Wunden in die Haut meist von Rindern und Pferden. Das heraustropfenden Blut lecken sie auf. Schmerzen bereitet das den Opfern selten, da die Zähne der Vampire ausgesprochen dünn und scharf sind.

Aber nicht alle zu dieser Gruppe zählenden Fledermäuse sind Blutfresser. Viele ernähren sich ganz einfach von Insekten, einige fressen sogar auch Früchte.

Vampir
Verbreitung: **Mittel- und Südamerika**
Lebensraum: **Wald**

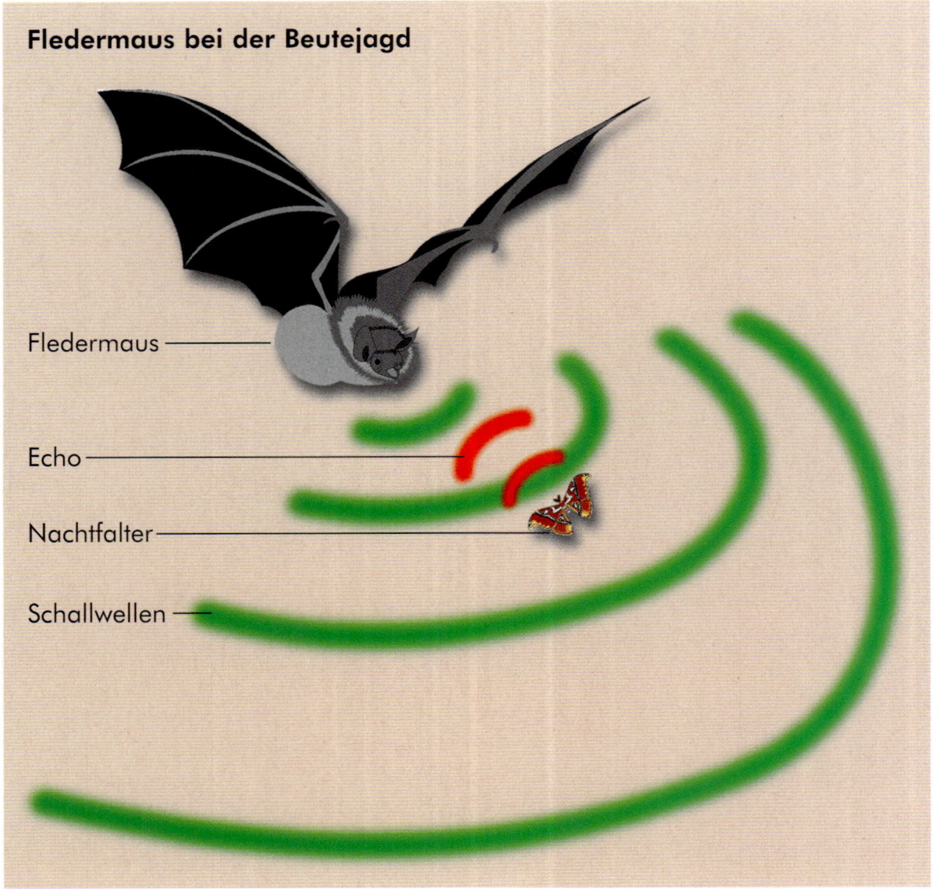

Fledermäuse sind Nachtjäger, die mit großem Geschick auch in der Dunkelheit ihre Beute aufspüren. Dazu stoßen sie während des Fluges Rufe aus, die im Ultraschall-Bereich liegen und für uns nicht hörbar sind. Treffen diese Schallwellen auf ein Hindernis, wird das zurückkehrende Echo mit den großen Ohrmuscheln aufgefangen. Der Zeitabschnitt zwischen Ausruf und Empfang der Wellen ist je nach Entfernung des Beutetieres kürzer oder länger. Dadurch kann die Fledermaus sich genau orientieren, die Beute exakt orten und im Flug jagen.

Flederhunde

Flederhund Verbreitung: **Afrika, Australien und Südasien**
Lebensraum: **Wald und Buschlandschaft**

Fleder- oder Flughunde zählen zur Familie der Fledertiere, die mit etwa 130 Arten über Australien, Afrika und das südliche Asien verbreitet ist.

Die Gestalt der Flederhunde ähnelt zwar der der Fledermäuse, denn auch sie besitzen Flughäute zwischen den Gliedmaßen, aber der Kopf hat ein eher hunde- oder fuchsähnliches Aussehen. Daher stammt auch der Name Flughund. Im Durchschnitt sind die Tiere wesentlich größer als Fledermäuse, es gibt jedoch einige wenige Arten, die kleiner sind. Die Spannweite der Flughaut von Flederhunden schwankt je nach Art zwischen 24 cm und 180 cm.

Tagsüber findet man Flughunde in den Bäumen dunkler und dichter Wälder, seltener in Höhlen. Hier hängen sie oft in großen Gruppen an den Ästen und schlafen. Dabei hüllen sie Kopf und Körper in die Flügel ein.

Wie alle Fledertiere werden auch die Flughunde nachts aktiv. Ihre großen Augen helfen ihnen, in der Dämmerung gut zu sehen. Ihre Nahrung, reife Früchte, finden sie jedoch, im Gegensatz zu den Fledermäusen, nicht mit Hilfe von Schallwellen, sondern mit ihrer sehr guten Spürnase. Sie fliegen einen Baum an und halten sich mit den Hinterpfoten und der starken Kralle am Daumen an den Ästen fest. Einige nutzen hierfür zusätzlich eine zweite Kralle. In den Bäumen bewegen sie sich mit ihren Pfoten und Krallen fort.

Manchmal fallen Flughunde auch in Bananen- und Mangoplantagen ein und lassen es sich hier zum Missfallen der Bauern gut gehen. Kleinere Arten fressen Blütennektar und Blütenstaub, sogar Blütenblätter. Andere Arten, die man als **Langzungen-Flughunde** bezeichnet, besitzen eine besonders lange Zunge, mit der sie in die Blütenkelche eintauchen können. Viele bestäuben dabei gleichzeitig die Blüten. Alle Flughunde dieser Art sind Vegetarier.

Finden die Tiere in einem Wald nicht mehr ausreichend Nahrung, gehen sie meist auf Wanderung. Dabei können sie weite Strecken zurücklegen und fliegen auch über das Meer, um auf eine benachbarte Insel zu gelangen.

Einmal im Jahr bringen die Weibchen ein bis zwei Junge zur Welt. Diese halten sich an der Brust der Mutter fest und werden ständig von ihr herumgetragen. Anders als bei Fledermäusen bleiben die Jungen also nicht zurück, wenn die Mutter auf Nahrungssuche geht.

Die größte Art der Flughunde ist der **Kalong** oder **Fliegende Fuchs**. Er wird bis zu 1,50 m lang und lebt auf Java und Sumatra. Sein Rücken und seine Flatterhaut haben eine braunschwarze Färbung, der Bauch ist etwas rötlicher, ebenso der Hals und der Kopf. Er liebt Feigen und Mangos und richtet deshalb auf manchen Obstplantagen große Schäden an, wenn er zu hunderten, ja sogar zu tausenden einfällt.

Herrentiere

KAPITEL 2

Zur Säugetierordnung der Herrentiere, die man auch als Primaten bezeichnet, gehören die Affen, die Halbaffen und der Mensch. Sie umfasst etwa 180 Arten, die sich sehr voneinander unterscheiden.

AFFEN

Affen lassen sich in zwei große Teilordnungen gliedern: **Altwelt-** oder **Schmalnasenaffen** und **Neuwelt-** oder **Breitnasenaffen**. Zu den **Altweltaffen** gehören u. a. die Familien der Gibbons, der Menschenaffen und der Meerkatzen. Sie kommen nur auf der östlichen Erdhälfte vor. Da ihre Nasenlöcher sehr nah beieinander stehen, werden sie auch **Schmalnasen** genannt.

Neuweltaffen sind u. a. Brüllaffen, Kapuziner und Krallenäffchen. Sie wohnen in den tropischen Urwäldern Süd- und Mittelamerikas. Wegen ihrer weit auseinander stehenden Nasenlöcher heißen sie auch **Breitnasen**.

HALBAFFEN

Auch die Halbaffen haben Greifhände und -füße, mit denen sie sich geschickt durch die Bäume hangeln können. Ihre Gesichter sind meist länglich und fuchsähnlich. Sie bewohnen überwiegend die Bäume Afrikas und Asiens.

Affen

In früheren Zeiten waren Affen in einem viel größeren Teil der Erde zu finden. Heute beschränkt sich ihr Lebensraum auf die warmen Gebiete, denn Affen sind bis auf wenige Pavianarten sehr kälteempfindlich. Jeder Erdteil hat seine besonderen Arten, in Europa gibt es nur noch eine.

Affen leben überwiegend in den Wäldern und sind gut an ein Kletterleben angepasst. Menschenaffen und Paviane sind allerdings nicht so beweglich. Die übrigen Arten sieht man munter von Baum zu Baum springen. Dabei übernehmen Schwanz und Hinterbeine die Steuerfunktion. Mit dem Schwanz als fünfte Greifhand können viele Arten sich an einen Ast hängen und schaukeln oder sicher nach ihrer Nahrung greifen. Affen ernähren sich von Blättern und Früchten der Bäume, aber auch von Wurzeln und Knollen. Manchmal fressen sie auch Eier und Vogeljunge.

So flink Affen beim Klettern sind, so plump und ungelenk wirkt oftmals der Gang auf dem Boden. Gibbons beispielsweise gehen aufrecht und versuchen mit ausgestreckten Armen das Gleichgewicht zu halten. Andere Arten stützen sich mit den

Kapuzineraffe
Verbreitung: **Mittel- und Südamerika**
Lebensraum: **Wälder**

Händen ab, um dann mit Körper und Hinterbeinen vorwärts zu schwingen.

Affen sind sehr gesellige Tiere. Die meisten von ihnen leben in größeren Gemeinschaften. Dort übernimmt das älteste oder das kräftigste Männchen die Leitung und die Verantwortung für die Sicherheit der Gruppe.

Die Affenweibchen gebären jeweils ein Junges, das sich nach der Geburt an die Mutter hängt und ständig von ihr herumgetragen wird. Dabei kann es von der Muttermilch trinken.

Affen haben ein großes Gehirn und sind sehr gelehrig. Mit Hilfe ihrer ausdrucksvollen Mimik und ihren unterschiedlichen Lauten können sie sich gut verständigen.

Zu den **Altweltaffen** oder Schmalnasenaffen gehören die Familien der Gibbons, der Menschenaffen und die der Meerkatzen. **Neuweltaffen** oder Breitnasenaffen sind Brüllaffen, Kapuziner- und Kragenäffchen.

Schimpanse

Die beliebtesten Menschenaffen sind wohl die Schimpansen. Diese intelligenten Tiere leben in Zentral- und Westafrika in den Regenwäldern und den Savannen mit Baumbestand. Sie werden bis zu 1,75 m groß und haben einen kräftigen, gedrungenen Körper. Die Männchen sind etwas größer als die Weibchen. Ihre schlanken Arme sind etwas länger als die Beine, der Daumen der Hände lässt sich den Fingern gegenüberstellen. Das Fell der Schimpansen ist sehr dunkelbraun bis schwarz, das Gesicht hat eine hellere Färbung; sie haben sehr bewegliche Lippen.

Die in Horden lebenden Schimpansen können sich durch Mimik und vielfältige Lautäußerungen verständigen. Als gute Kletterer suchen sie in Bäumen nach Früchten, Blättern, Nüssen und Eiern. Ebenso fressen sie Baumrinde und Insekten. Ameisen oder Termiten werden von den Schimpansen mit kleinen Stöckchen aus ihren Behausungen gekratzt.

Flachlandgorilla
Verbreitung: **Afrika**
Lebensraum: **Tropische Regenwälder**

Mandrill
Verbreitung: **Gabun und Kamerum**
Lebensraum: **Wälder**

Meerkatzen
Verbreitung: **Afrika**
Lebensraum: **Steppe und Savanne**

Spinnenaffe
Verbreitung: **Südliches Amerika**
Lebensraum: **Tropische Wälder**

Junger Schimpanse
Verbreitung: **Afrika**
Lebensraum: **Baumbewachsene Savanne, Regenwald**

Rhesusaffe
Verbreitung: **Indien**
Lebensraum: **Waldungen am Ufer des Ganges**

Mit Steinen schlagen sie auf Kokosnüsse, um diese zu öffnen. Zum Reinigen der häufig verklebten Finger und des Fells dienen Grasbüschel. Die meiste Zeit laufen Schimpansen am Boden. Dort bewegen sie sich auf allen Vieren fort. Halten sie aber Nahrung in ihren Händen, gehen sie aufrecht. Die Hauptnahrungssuche findet am Tage statt. Dann legen die Tiere bis zu mehrere

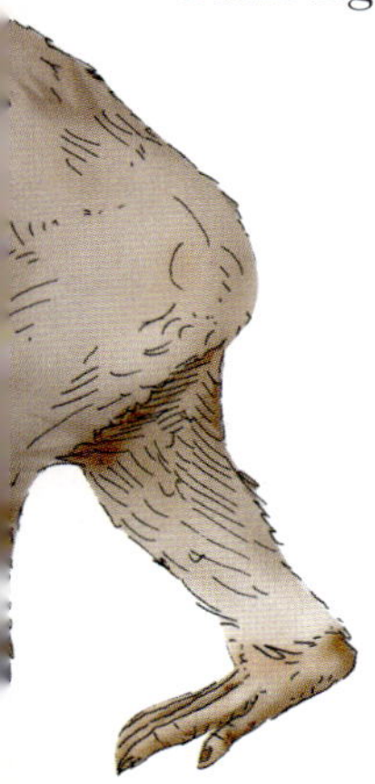

Kilometer zurück. Dabei töten sie auch kleine Antilopen, Buschschweine und kleine Affen. Für die Jagd schließen sich mehrere Schimpansen zusammen und jagen das Tier in einen Hinterhalt.

Meist leben Schimpansen in einer lockeren Ordnung in Gruppen bis zu 100 Tieren. Die Hierarchie ist nicht so streng wie bei Gibbons. Innerhalb der Gemeinschaft gibt es verschiedene Ränge, die nach Stärke und Klugheit entschieden werden. Es existieren auch einzelne Männchengruppen, die immer wieder kleinere Machtkämpfe austragen. Diese werden lautstark mit vielerlei Gesten und lautem Geschrei ausgeführt. Zu richtigen Handgemengen kommt es seltener.

Schimpanse (Skelett)

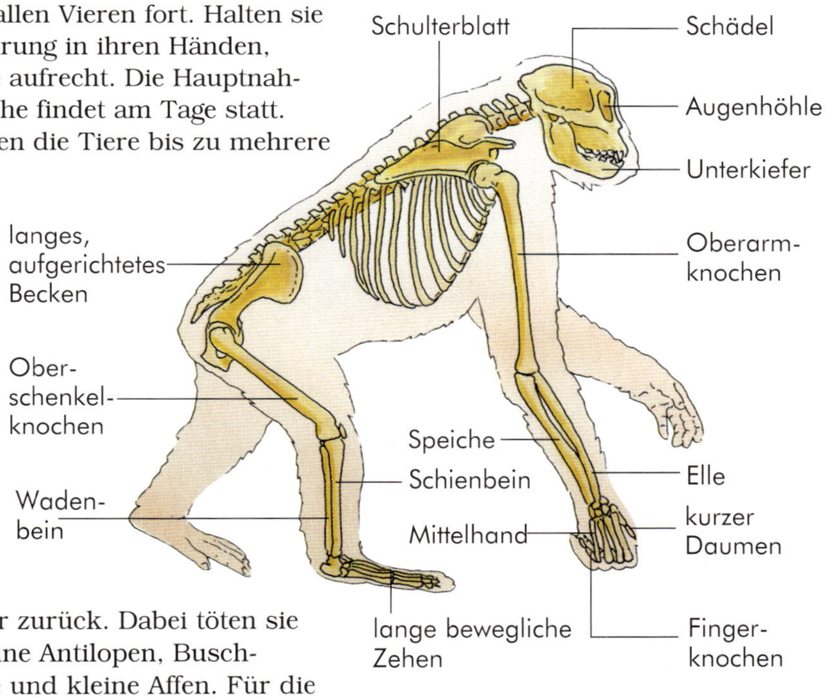

Treffen mehrere Affenfamilien aufeinander, kommt es zu lautem Geschrei und großen Umarmungen zwischen den Verwandten. Genauso kommt es vor, dass die Schimpansen alle zusammensitzen und der sozialen Körperpflege nachgehen. Dabei lausen sie sich gegenseitig und demonstrieren so ihre Zusammengehörigkeit.

Die Weibchen, deren Ansehen mit zunehmendem Alter und zunehmender Kinderzahl steigt, bleiben meist mit anderen Weibchen und deren Jungtieren zusammen. Die Kleinen lernen von der Mutter, wie man in der Wildnis überlebt. Sie klettern, jagen und spielen viel und erfahren dabei alles Wissenswerte für ein Schimpansenleben.

Die Nacht verbringen Schimpansen in den Bäumen, in Nestern aus geflochtenen Zweigen. Die Jungtiere unter drei Jahren schlafen bei den Weibchen.

Die Weibchen, die zu festen Zeiten brünstig werden, paaren sich mit allen Männchen der Gruppe. Nach einer Tragezeit von etwa 230 Tagen wird gewöhnlich ein Junges geboren, manchmal zwei. Dieses bleibt in den nächsten Jahren in der Nähe seiner Mutter.

Schimpanse (Anatomie)

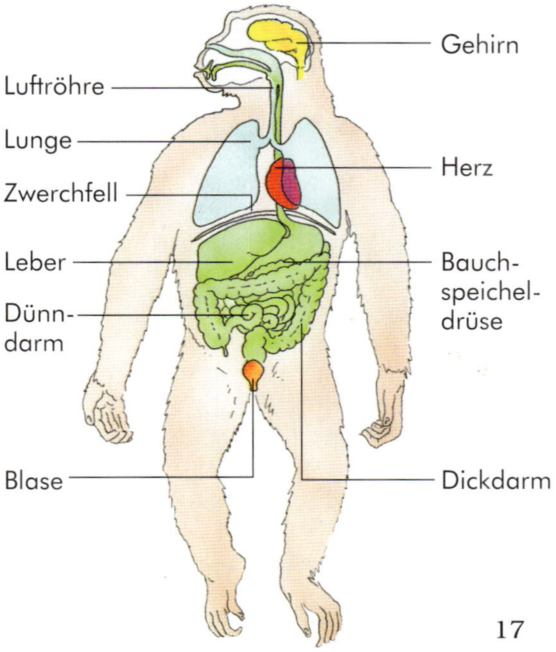

Gorilla

Der Gorilla ist der größte der Menschenaffen. Die Männchen werden über zwei Meter groß und wiegen bis zu 250 kg, die Weibchen sind allerdings wesentlich kleiner. **Flachlandgorillas** leben in den tropischen Regenwäldern Afrikas, **Berggorillas** in den Bergregenwäldern von Zaire, Uganda und Ruanda.

Gorillas wurden früher in zahlreichen Filmen und Geschichten als riesige Ungeheuer dargestellt. Mit ihrem massigen Körper, der mit schwarzem struppigen Haar bedeckt ist, und den breiten Schultern wirken sie sehr bedrohlich und gefährlich. Sie gehören aber zu den sanftmütigsten und friedliebendsten Affen überhaupt.

Gorilla
Verbreitung: **Afrika**
Lebensraum: **Regenwald**

Gorillas leben in familiären Gruppen, die aus fünf bis acht Weibchen und ihren Jungen bestehen. Ihnen steht ein so genannter Silberrücken vor, d. h. ein größerer Gorillamann, der einen silbergrauen Rücken hat (ab zehn Jahren). Stirbt ein Anführer, wird unter den Jüngeren um die Nachfolge gekämpft.

Gemeinsam wird das Revier auf der Suche nach Nahrung durchstreift. Dabei bewegen sich die Gorillas meist in nach vorn gebeugter Haltung, so dass die Knöchel ihrer Hände den Boden berühren. Ihre Nahrung besteht aus verschiedenen Pflanzenteilen wie Farnen, Knospen und Blättern.

Weibchen und Jungtiere klettern auch auf Bäume, um Früchte zu pflücken. Dazu sind die schwergewichtigen Männchen nicht in der Lage. Die Hauptnahrungssuche findet vormittags und nachmittags statt. Zwischendurch wird in einem schnell gebauten Tagesnest geschlafen, dann geht die Suche weiter. Wasser müssen Gorillas nicht extra trinken, es ist reichlich in den Pflanzen und Beeren enthalten.

In der Nacht wird in Nestern, die aus Zweigen und Blättern gebaut werden, Ruhe gehalten. Die Kleinen übernachten in den ersten Jahren bei den Müttern.

Die Paarungszeit der Gorillas ist nicht von einer Jahreszeit abhängig. Nach einer Tragzeit von etwa neun Monaten wird ein Junges geboren, das in den ersten Monaten an das Fell der Mutter geklammert mit herumgetragen wird. Es kann erst nach einem Vierteljahr allein sitzen, zwei Monate später laufen und klettern. Insgesamt wird es fast eineinhalb Jahre gesäugt und bleibt auch später noch, bis es drei Jahre alt ist, bei der Mutter.

Treffen benachbarte Gruppen aufeinander, kommt es manchmal zu Konflikten. Rivalen werden aber mit einer Drohgebärde, bei der sich die Männchen aufrichten und sich auf die Brust schlagen, abgewehrt. Dabei stoßen sie laut bellende und brüllende Schreie aus, reißen zum Zeichen ihrer unbändigen Kraft Grasbüschel aus dem Boden und werfen damit. Große Kämpfe finden meist nicht statt.

Gorillas können bis zu 50 Jahre alt werden. Bei uns werden sie in fast allen Zoos gehalten und pflanzen sich dort auch fort.

Orang-Utan

Die Heimat des Orang-Utan (aus dem Malaiischen, Waldmensch) sind die Regenwälder von Sumatra und Borneo. Er ist die zweitgrößte Art der Herrentiere. Im Gegensatz zu den bodenbewohnenden Gorillas ist der Orang-Utan fast immer in den Baumkronen zu finden.

Der männliche Orang-Utan erreicht eine Körperhöhe von bis zu 1,75 m und wiegt etwa 75 kg. Seine Gestalt ähnelt der des Menschen, denn sein Rumpf ist nicht wie bei anderen Säugetieren seitlich zusammengedrückt, sondern mit ausgeprägten Schultern breit wie beim Menschen.

Bei Jungtieren wirkt das Gesamtbild dem Menschen am ähnlichsten. Später bildet sich die Stirn weiter nach hinten zurück und das Maul wölbt sich wie eine Schnauze vor. Über den Augen entstehen kräftige Wülste.

Beim Männchen bilden sich an beiden Seiten des Gesichtes breite Hautlappen aus, so genannte Backenwülste. Sein Gebiss ist menschenähnlich aufgebaut, aber viel kräftiger. Damit kann das Tier kräftig zubeißen und auch festschalige Früchte knacken.

Das Fell des Orang-Utan ist rötlich-braun und zottelig lang. Das Gesicht bleibt außer einem Bart beim Männchen unbehaart.

Der Orang-Utan kommt selten auf den Boden herab, denn in den Bäumen findet er seine Nahrung: Blätter, Früchte und Sprossen. Wasser trinkt er aus Ast- und Baumlöchern, die sich bei fast täglichem

Junger Orang-Utan
Verbreitung: **Borneo und Sumatra**
Lebensraum: **Regenwald**

Regen ständig mit Wasser füllen.

Füße und Hände des Orang-Utans sind gleichermaßen gute Greifwerkzeuge: Zehen und Finger sind lang und frei beweglich. Die große Zehe kann genau wie der Daumen den Fingern gegenüber gestellt werden. Zum Klettern nutzt der Orang-Utan jedoch überwiegend seine Arme, mit denen er sich bei einer Spannweite von über zwei Metern mühelos von Ast zu Ast hangeln kann.

Am Boden ist das Tier unbeholfener, denn seine Beine sind schwächer entwickelt. Da die Greiffüße ein wenig nach innen gebogen sind, wirkt der Gang unsicher. Die Arme werden als Stütze eingesetzt. Besonders, wenn es schnell gehen soll, bewegt der Orang-Utan sich vorwärts, indem er die Arme aufsetzt und mit dem Körper und angewinkelten Beinen hindurchschwingt.

Orang-Utans leben allein oder in Paaren mit den Jungen zusammen. In der Nacht schlafen sie in Astgabeln. Manchmal decken sie sich sogar mit Pflanzenteilen zu. Wahrscheinlich suchen sie sich jede Nacht eine neue Bleibe. Mit dröhnendem Gebrüll machen sie ihre Revierbegrenzung deutlich.

Die Weibchen, die kleiner als die Männchen sind, bringen etwa alle zwei Jahre nach einer Tragzeit von fast neun Monaten ein Junges zur Welt. Sie pflegen und behüten den Nachwuchs mehrere Jahre lang. In Gefangenschaft hat man beobachtet, dass ein Junges bis zu sechs Jahre lang gesäugt wird.

Orang-Utans gehören zu den bedrohten Arten. Durch geringe Nachkommenschaft und Nachstellungen durch den Menschen hat sich ihre Zahl stark verringert. Strenge Schutzbestimmungen sollen diese Tiere vor dem Aussterben bewahren.

Pavian

Der Pavian gehört zur Gattung der Meerkatzenartigen. Es gibt fünf Unterarten, die in den Savannen und Steppen Afrikas und Saudi-Arabiens leben.

Der Mantelpavian hat eine Körperlänge von bis zu 95 cm. Sein Fell ist bräunlich gefärbt. Die Männchen, die fast doppelt so groß wie die Weibchen sind, haben eine dichte Mähne an Brust, Schultern und Kopfseiten. Besonders auffällig sind die Gesäßschwielen, die vor allem in der Brunftzeit bei den Weibchen rot leuchten. Ihre Schnauze ist hundeartig, die Eckzähne sind relativ lang.

Paviane sind gesellige Bodenbewohner, die in Familiengruppen mit einem älteren Männchen als Vorstand zusammenleben. Sie verständigen sich mit ausgiebiger Gestik und Lauten.

Tagsüber suchen sie gemeinsam Nahrung, die aus Pflanzen, Insekten und anderen Kleintieren besteht. Nachts ruhen sich Paviane in Felsspalten oder Bäumen aus. Dort suchen sie auch Schutz vor ihrem größten Feind, dem Leoparden.

Pavianweibchen bekommen etwa 170 Tage nach der Paarungszeit zwischen Mai und Juli ein Junges, manchmal zwei. Zunächst klammert sich das Junge mehrere Wochen im Fell des Weibchens fest und wird später auf dem Rücken des Weibchens getragen.

Pavian
Verbreitung: **Saudi-Arabien und Afrika**
Lebensraum: **Savannen und Steppen**

Halbaffen

Halbaffen haben nur wenig Ähnlichkeit mit den Affen. Ihr Schwanz ist oft länger als der ganze Körper, bei manchen Arten ist er allerdings völlig verkümmert. Die einzelnen Arten sind zwischen wenigen Zentimetern und fast einem Meter groß.

Zu den Halbaffen gehören u. a. **Lemuren** (Makis), **Loris** und **Indris**.

Indri
Verbreitung: **Nordostmadagaskar**
Lebensraum: **Wälder ab 1 800 m Höhe**

Indris

Die Familie der Indris, die zu den Halbaffen gehört, setzt sich zusammen aus vier Arten, nämlich **Sifaka, Wollmaki, Indri** und **Fingertier**. Sie leben in den Wäldern von Madagaskar.

Larvensifaka (Halbaffe)
Verbreitung: **Madagaskar**
Lebensraum: **Trocken- und Regenwälder**

Mit einer Körperlänge von 70 cm ist der Indri der größte unter ihnen. Er hat einen sehr kurzen Schwanz, was ihn erheblich von den anderen Indris unterscheidet. Ebenso wie der Sifaka hat der Indri eine laute Stimme, die sich heulend und klagend anhört.

Der Indri lebt sowohl am Boden als auch auf Bäumen. Er ist tagsüber unterwegs, um Blätter, Früchte und Sprossen zu fressen.

Nach einer Paarung am Jahresanfang wird nach einer Tragzeit von ca. fünf Wochen ein Junges geboren.

Ein seltsames Nachttier ist das Fingertier. Wie der Name vermuten lässt, hat es sehr lange Finger. Vor allem der stark verlängerte Mittelfinger ist wichtig für die Nahrungssuche. Zunächst wird ein Baumstamm abgeklopft, um Insekten, die sich ins Holz gebohrt haben, aufzuspüren. Diese kratzt das Tier dann mit seinem langen, spitzen und krallenartigen Finger heraus. Neben Insekten lebt das Fingertier aber auch von Früchten.

Loris

Die Familie der Loris besteht aus zwölf Arten. Diese sind in Südindien, Afrika, Südostasien und auf den Nachbarinseln zu Hause. Man unterscheidet zwei Gruppen: Die erste Gruppe, die **Loris** und **Bärenmakis**, sind sehr langsame Tiere, die meerschweinchen- bis katzengroß werden und einen kurzen oder gar keinen Schwanz haben. Dem gegenüber steht die zweite Gruppe, die aus verschiedenen **Galagos** besteht. Sie haben lange Arme und Beine und einen langen Schwanz. Im Gegensatz zu den Loris sind sie etwas kleiner, aber viel munterer und klettern und springen häufig.

Beide Lori-Arten haben große nach vorn gerichtete Augen. Sie sind vor allem nachts unterwegs, um Insekten, Vögel, Pflanzen, aber auch kleine Reptilien zu fressen.

Plumplori
Verbreitung: **Süd- bis Südostasien**
Lebensraum: **Dichte Regenwälder**

Lemur
Verbreitung: **Madagaskar**
Lebensraum: **Bewaldete Gebiete**

Lemuren

Sechzehn Arten von Lemuren bzw. Makis leben auf Madagaskar und den benachbarten Komoren.

Der bekannteste Lemur, der auch in unseren Zoos zu sehen ist, heißt **Katta**. Er hat ein braungraues Fell und einen langen buschigen Schwanz, der schwarzweiß geringelt ist. Die Körperlänge beträgt etwa 45 cm, die Schwanzlänge 55 cm.

Der Katta hat große Augen und Ohrmuscheln in der Form von Dreiecken. Er läuft meist auf allen Vieren mit erhobenem Schwanz. Manchmal sieht man ihn auch auf Bäumen umherklettern, die sich jedoch selten in dem felsigen Land finden.

Männchen ebenso wie Weibchen haben an verschiedenen Stellen des Körpers zahlreiche Duftdrüsen, mit denen sie ihre Reviere markieren. Aber auch alles Fremde wird damit beduftet.

In einem Revier leben bis zu 40 Kattas zusammen. Weibchen und Junge bleiben jeweils zusammen, die Männchen ziehen von Herde zu Herde weiter.

Nach einer Paarung vergehen etwa 130 Tage, bis ein Junges (manchmal sogar zwei oder drei) geboren wird. Die Jungen haben schon bei der Geburt die Augen geöffnet und ein seidiges dichtes Fell. Sie sind bereits nach einem halben Jahr selbstständig.

Die Nahrung von Kattas besteht aus Gräsern und Blättern. Aber auch Harze von der Baumrinde und Früchte sind sehr beliebt.

Land-raubtiere

KAPITEL 3

Mit über 250 Arten ist die Ordnung der Raubtiere (Land- und Wasserraubtiere) in Gestalt, Größe und Form so vielfältig wie kaum eine andere Säugetierordnung. Erste Raubtiere hat es bereits vor 65 Mio. Jahren gegeben. Heute sind sie weltweit verbreitet.

Landraubtiere jagen andere Tiere, um sich zu ernähren. Daher hält man sie häufig für gefährliche Bestien. Auf Grund ihrer Verfolgung durch den Menschen wurden in Europa Bär, Luchs und Wolf schon weitgehend ausgerottet.

Trotz der offensichtlich gewaltigen Unterschiede haben Landraubtiere viele Gemeinsamkeiten. Die Sinnesorgane sind gut entwickelt, vor allem Geruchs- und Gehörsinn. Darüber hinaus verfügen viele unter ihnen über ein räumliches Sehen. Alle Landraubtiere haben ein Gebiss, das mit dolchartigen Eckzähnen und häufig mit Reißzähnen ausgestattet ist. Diese dienen zum Aufreißen bzw. Töten größerer Beutetiere.

Raubtiere sind besonders schnell und wendig. So genannte Hetzjäger (Wolf) erlegen ihre Beute in schnellem Lauf, Schleichjäger (Löwe) schleichen sich an und ergreifen sie im Sprung. Ausnahmen unter den Raubtieren sind die Allesfresser Bär und Fuchs. So ernähren sich Pandas beispielsweise nur von Pflanzen und Früchten.

Das Familienleben gestaltet sich bei Raubtieren unterschiedlich. Einige Tiere leben während und nach der Paarung zusammen und unterstützen sich gegenseitig bei der Versorgung und der Verteidigung. Bei anderen Arten sehen die Männchen in ihren Jungen eine leckere Beute.

Zur Ordnung der Landraubtiere gehören die Familien der Katzenartigen mit Löwe, Tiger und Panther, die Familie der Hyänen, die Familie der Hundeartigen mit Wolf, Kojote und Fuchs, die Familie der Marderartigen mit Marder, Wiesel und Iltis und die Familie der Bären mit Waschbär und Braunbär.

Familie Katze

Die Familie der Katzen gehört zur Ordnung der Raubtiere. Sie umfasst unsere Hauskatze ebenso wie Löwen, Tiger oder Pumas. Alle haben dieselbe Grundgestalt. Wesentliche Kennzeichen sind der kräftige und doch grazile Körper, der rundliche Kopf, die starken Pranken, der lange Schwanz und das weiche Fell. Das Gebiss der Katzen ist kräftig. Auffallend sind die großen, leicht gekrümmten Eck- bzw. Reißzähne. Daneben befinden sich kleine Schneidezähne und spitze Kauzähne, die ineinander greifen.

Für den Angriff und die Verteidigung sind vor allem die Klauen wichtige Werkzeuge.

Die Katze ist ein Zehengänger, d. h. sie tritt nur mit den Zehen auf.

Hauskatze
Verbreitung: **Weltweit**
Lebensraum: **Siedlungen und Umland**

Die Hauskatze stammt von der ägyptischen Falbkatze (Wildkatzenart) ab, die heute noch in Libyen und Ägypten lebt. Der Lebensraum einer Hauskatze auf dem Land sind Haus und Hof. Entweder sucht die Katze sich ein ruhiges weiches Plätzchen im Stall oder sie wohnt mit den Menschen zusammen im Haus. Katzen sind sehr zutrauliche und reinliche Tiere, die zwar anhänglich sind, oft aber ihren eigenen Willen durchsetzen wollen.

Die Krallen berühren beim Gehen nicht den Boden, sondern werden in die Krallentaschen (Hautfalten) zurückgezogen. Deshalb gelingt es Katzen, sich geräuschlos an ihre Beute anzuschleichen. Die meisten Katzenarten können schwimmen,

Hauskatze (Anatomie)

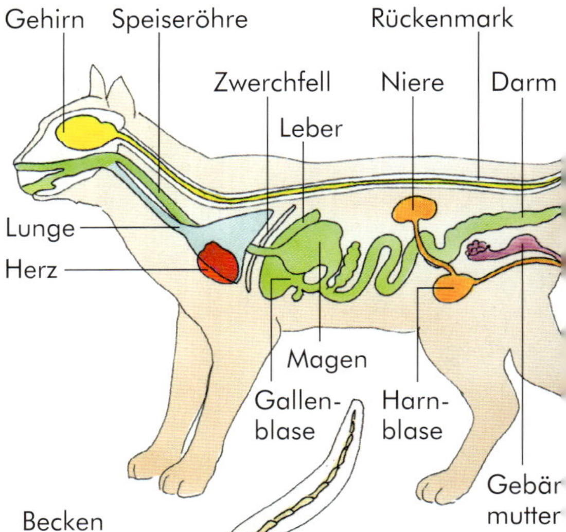

Hauskatze (Skelett)

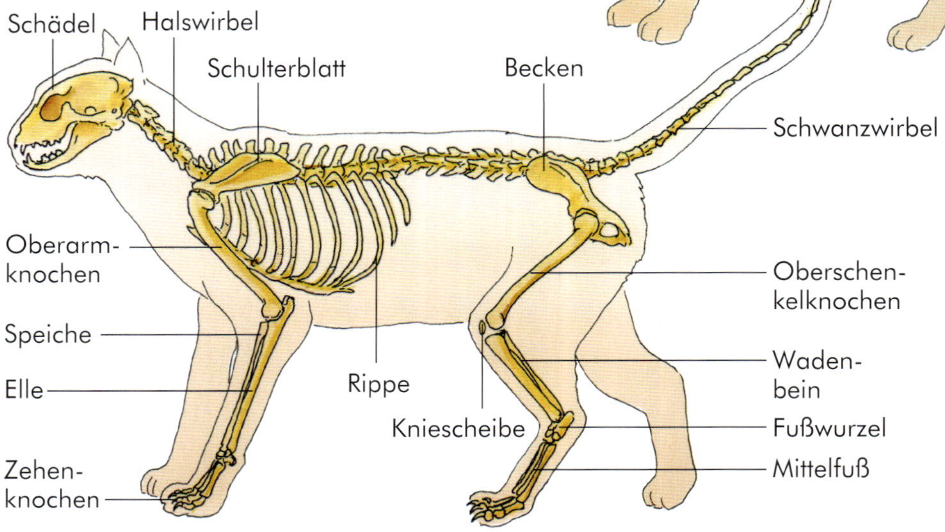

was sie aber nur im Notfall tun.

Katzen haben ein gutes Gehör und einen vorzüglichen Gesichtssinn. Selbst auf große Entfernungen hören sie Schritte und Rascheln, lange bevor sie die Beute sehen. Das Augenlicht reicht wohl nicht für große Entfernungen, aber für die Nähe ist es ausgezeichnet. Bei Tage zieht sich die Pupille zu einem schmalen senkrechten Strich zusammen. Im Dunkeln, wenn wir nichts mehr sehen können, erweitern sich die Pupillen der Katzen zu einem Kreis. Durch eine spiegelnde Schicht hinter der Netzhaut wird die Lichteinwirkung verstärkt. Dies führt im Dunkeln zum Aufleuchten der Katzenaugen im Gegenlicht. Bei völliger Dunkelheit finden sich Katzen mit Hilfe ihrer Schnurrhaare zurecht, die mit Tastnerven ausgestattet sind.

Katzen ernähren sich je nach Art von Vögeln, Lurchen und Fischen. Größere Arten wie Geparden, Löwen usw. fressen Schafe, Rinder und Antilopen.

Die weiblichen Katzen werfen in der Regel bis zu sechs Junge. Für die Pflege der Kleinen ist die Mutter zuständig. Sie übernimmt auch die Verteidigung, der Vater kümmert sich nur gelegentlich darum. Spielerisch lernen die Jungen das Verhalten in unterschiedlichen Situationen, bis sie schließlich selbst mit auf Jagd gehen dürfen. Sind sie selbstständig geworden, verlassen sie die Mutter und streifen allein umher.

Löwe

Auch Löwen zählen zur Familie der Katzen. Nicht umsonst nennt man den Löwen den „König der Tiere". So ein ausgewachsener Löwenmann bietet ein eindrucksvolles Bild. Ein Männchen wiegt bei 2,70 m Länge (inkl. Schwanz) bis zu 250 kg. Mit seiner Löwenmähne wirkt es sehr viel größer und imposanter als die Löwin.

Anders als alle anderen Katzen ist der Löwe kein Einzelgänger, sondern lebt gesellig in Rudeln von 20–30 Tieren. Davon ist in der Regel nur eines ein Männchen. Gibt es zwei bis drei andere Männchen, stammen diese aus einem Wurf innerhalb des Rudels.

Löwen verteidigen ihr Revier bis zum Letzten. Jeder Versuch eines fremden Männchens, einzudringen, wird abgewehrt. Dann erklingt das donnernde Gebrüll, das über mehrere Kilometer hinweg zu hören ist. Ebensowenig werden fremde Weibchen von den Löwinnen geduldet.

Ein Löwenmännchen verbringt meist nur zwei Fortpflanzungsperioden im Rudel. Dann verliert es das Interesse an dieser Familie oder es verliert im Kampf mit einem Rivalen und sucht sich ein anderes Rudel.

In der Zeit des Werbens bleibt das Männchen ständig nah beim Weibchen.

Etwa alle zwei Jahre wirft eine Löwin zwei bis fünf Junge. Am Ende der Tragzeit, die etwa 110 Tage dauert, sucht sich die Löwin ein verborgenes Plätzchen. Dieses muss nah an einer Wasserstelle liegen und sicher vor Angreifern sein.

Die Jungen haben bei der Geburt ein geflecktes Fell und sind blind. In den ersten zwei Monaten werden sie durch die Muttermilch ernährt, dann nimmt die Löwin sie mit zur Jagd. Selbst zerkleinern können Junglöwen ihr Fleisch erst, wenn sie ein Jahr alt sind und ihnen bleibende Zähne wachsen.

Nach zwei Jahren wird die Löwin wieder trächtig, dann müssen die Jungen die Mutter verlassen. Viele von ihnen überleben die nächsten Wochen nicht, da sie nun auf sich selbst gestellt sind.

Löwen jagen meist in der Dämmerung. Tagsüber dösen und schlafen sie. Für die Beutebeschaffung sind die Löwinnen zuständig, das Löwenmännchen beteiligt sich meist nicht. Mehrere Löwinnen schleichen sich gemeinsam an eine Tierherde heran und legen sich zunächst im Gegenwind auf die Lauer. Eine andere Löwin schleicht auf die gegenüberliegende Seite. Dann rennt sie plötzlich auf die Herde zu und treibt die aufgescheuchten Tiere auf die lauernden Löwinnen zu. Ist einmal die Beute gemacht, wird sie vom Löwenmännchen an einen schattigen Platz geschleppt. Es darf zuerst fressen, anschließend die Löwenmutter und die Jungen.

Wichtige Beutetiere sind beispielsweise Zebra, Gnu, Gazelle, Antilope. Löwen jagen nur, wenn sie hungrig sind. So kann es vorkommen, dass eine weidende Herde sich nicht von einem Löwen in der Nähe stören lässt. Sie spürt instinktiv, ob das Tier sich gerade auf der Jagd befindet oder träge und satt ist.

Löwen gibt es heute nur noch in Afrika südlich der Sahara und in einer kleinen Gegend in Indien (Gir-Forst). Früher lebten sie in Südosteuropa, Südasien und Indien. Große Hoffnung auf ein Überleben der Löwen liegt in Wildschutzgebieten und Nationalparks.

Löwenfamilie
Verbreitung: **Afrika (südlich der Sahara)**
Lebensraum: **Savanne und Steppe**

Löwen leben und jagen in einem Rudel, das aus mehreren Männchen, Weibchen und deren Jungen besteht. Das stärkste Männchen mit einer stattlichen Mähne um Kopf, Schulter und Brust hat die Vorrangstellung.

Tiger

Ein weiteres Tier aus der Familie der Katzen ist der Tiger. Sein gelbrotes Fell mit den schwarzen Querstreifen macht ihn in seiner Umgebung unauffällig, wenn er ruht. Insgesamt gibt es acht Tigerunterarten, die sich in der Farbe des Pelzes unterscheiden. Der Tiger ist etwas leichter und schlanker gebaut als ein Löwe. Seine durchschnittliche Länge beträgt mit Schwanz ca. 2,70–2,90 m. Die Weibchen sind etwas kleiner.

Das Haarkleid des Tigers ist kurz und glatt, an den Wangen trägt er einen Bart. Tiere in nördlicheren Gegenden haben ein längeres und dichteres Fell als die in den heißen Gegenden Indiens. Das Verbreitungsgebiet der Tiger beschränkt sich nicht nur auf Asien, wie vielfach angenommen wird. Man findet ihn zwischen Sibirien im Norden und Sumatra im Süden. Die westliche Grenze liegt im Südkaukasus, die östliche im Pazifik. Er lebt im Dschungel, in Steppen, Graswäldern und Waldungen. Jeder Tiger hat sein eigenes Revier, das er mit seinem stark riechenden Harn und Absonderungen aus Drüsen markiert. Eine andere Art der Markierung ist das Abreißen von Baumrinde. Tiger brauchen ein großes Jagdrevier: Männchen etwa 55 m², Weibchen etwas weniger.

Der Tiger ist meist vor Sonnenaufgang und nach Sonnenuntergang auf der Jagd. Durch Anschleichen nähert er sich der Beute und beobachtet sie zunächst. Dann greift er pfeilschnell von hinten oder von der Seite an. Er schlägt mit seinen Krallen auf den Nacken des Tieres ein, so dass es gleich zu Boden geht. Durch einen Biss mit seinen scharfen Eckzähne in den Nacken werden kleinere Tiere getötet. Größere Tiere erstickt der Tiger durch einen Biss in die Kehle.

Bevor der Tiger seine Beute ins Dickicht schleppt, leckt er das aus der Wunde strömende Blut. Hat sich der Tiger satt gefressen, fällt er manchmal für mehr als einen Tag in den Schlaf. Lediglich zum Trinken bewegt er sich zur Wasserstelle. Bevorzugte Plätze für den Beutefang sind die Flussufer, denn hierher kommen alle Tiere zum Tränken und zu Waschungen.

In einem Alter von drei bis vier Jahren wird der **Königstiger** geschlechtsreif. Seine Paarungszeit ist der Frühling. Aus einem benachbarten Revier kommt dann ein Männchen in das Revier des Weibchens. Dort bleibt es etwa ein bis drei Monate mit dem Weibchen zusammen, das in dieser Zeit nur eine Woche lang fruchtbar ist. Später kehrt das Männchen ins eigene Revier zurück. Nach einer Tragzeit von 15 Wochen werden zwei bis vier Junge geboren, die in den ersten zehn Tagen blind sind. Sie werden noch acht Wochen lang von der Mutter gesäugt, anschließend mit kleinen Beutestückchen versorgt.

Nach einem halben Jahr bleiben die Jungen auch tagelang allein,

Tiger Verbreitung: **Zwischen Sibirien im Norden und Sumatra im Süden**
Lebensraum: **Wälder und Dschungel**

während die Mutter auf Jagd ist. Wenn die Jungen ein Jahr alt sind, gehen sie allein jagen und einige Monate später können sie selbst große Beutetiere überwältigen. Tiger jagen Affen, Wildschweine, Eidechsen, Antilopen und Hirsche; also eigentlich alles, bis auf die größten Tiere wie Elefanten oder Nashörner.

Aber auch Tiger werden gejagt: von den Menschen. Der Verdienst eines Fanges ist nicht unbeträchtlich, denn das Fleisch soll Mut und Kraft geben; ebenso wird es zu Arzneimitteln verarbeitet. Das Fell wird gegerbt und gelangt zum Verkauf nach China und Europa. Nur über ein Artenschutzprogramm kann der Tiger vorm Aussterben bewahrt werden.

Puma
Verbreitung: **Südwest-Kanada bis Südamerika**
Lebensraum: **Grasland, Berge und Wälder**

Puma

Auch der Puma zählt zur Familie der Katzen. Er hat einen schlanken Körper und erreicht eine Körperlänge von bis zu 160 cm, die Schwanzlänge beträgt 65 cm. Das Fell des Pumas ist meist silbergrau, daher auch der Name Silberlöwe. In einigen Gebieten nimmt die Färbung auch einen rötlich gelben Ton an. Insgesamt ist das Fell dicht und kurz und ohne Mähne.

Der Puma ist weit verbreitet. Man findet ihn nicht nur in Südamerika, sondern auch in Mexiko, den Vereinigten Staaten und Kanada. Meistens ist er Waldbewohner. Dabei bevorzugt er den Rand und die angrenzenden, hoch mit Gras bewachsenen Ebenen, wo er hervorragend jagen kann. Wo es keine Bäume gibt, versteckt er sich in den hohen Gräsern.

Tagsüber findet man den Puma meist schlafend auf einem Baum oder im Gebüsch. In der Dämmerung begibt er sich auf Raubzug. Dabei legt er oft große Strecken zurück. Mit seinen Bewegungen, die leicht und kräftig sind, kann er Sprünge bis zu sechs Metern ausführen.

Ist Beute in Sicht, beobachtet er diese zunächst von einem Baum oder Felssprung aus. Dann stürzt er sich auf sie: Zuerst wird der Hals des Beutetieres aufgerissen und dann das Blut geleckt. Kleinere Tiere werden komplett verspeist, größere nur zum Teil. Ist der Puma satt, zieht er sich in ein Versteck zurück und schläft. Falls er in der nächsten Nacht keine neue Beute fängt, kehrt er zurück und frisst den Rest vom Vortag. Gelingt ihm aber wieder ein Fang, lässt er das Aas liegen. Der Puma liebt vor allem das Blut der Tiere. Es kommt vor, dass er mehrere Schafe in einer Nacht tötet und von ihnen nur das Blut, aber nicht das Fleisch verzehrt.

Beutetiere des Pumas sind Schafe, Rehe, Kälber, Hasen, Luchse, sogar Strauße und Affen.

Ein Pumaweibchen bringt nach einer Tragzeit von drei Monaten mehrere Junge in einem Unterschlupf, beispielsweise in einer Felsspalte, zur Welt. Die Mutter zieht die Jungen allein auf. Nach etwa zweieinhalb Monaten gehen die Kleinen erstmals mit auf die Jagd. Sie bleiben ein oder zwei Jahre bei der Mutter.

Jaguar

Der Jaguar ist die am meisten gefürchtete Wildkatze Amerikas. Man findet ihn in Mittel- und Südamerika. Besonders große Arten leben in Brasilien. Der Jaguar bewohnt dichten Dschungel, Schilf, Dickicht und Küstenwälder. Bei ausreichender Deckung durch hohes Gras oder Felsen sieht man ihn auch auf dem offenen Land. Seine Färbung ist rostgelb, zum Bauch und den Beininnenseiten hin heller werdend mit charakteristischen dunklen Ringflecken, die wiederum Innenflecken haben. Daneben kommen auch schwarze Exemplare vor, die man als Amerikanischen Panther bezeichnet. Die durchschnittliche Größe eines Jaguarmännchens beträgt 75 cm bei einer Körperlänge von bis zu 1,85 m.

Jaguare sind außerhalb der Paarungszeit Einzelgänger. Weil man wild lebende Exemplare nur noch selten antrifft, gibt es nur wenige Angaben zu ihrem Familienleben.

Amerikanischer Panther
Verbreitung: **Mittel- und Südamerika**
Lebensraum: **Offene Wälder, Bergland und Regenwald**

Zur Paarung treffen die Jaguare nur kurz aufeinander, dann bringt das Weibchen nach einer Tragzeit von drei bis vier Monaten bis zu vier Junge zur Welt. Diese sind zunächst blind, sehr klein und wiegen nur etwa 900 g.

Nach 14 Tagen öffnen die Kleinen die Augen und beginnen, die Umgebung zu erkunden. Mit einem halben Jahr begleiten sie die Mutter bei der Jagd. Nach zwei Jahren sucht sich der Jaguar ein eigenes Gebiet zum Beutefang. Er frisst Waldtiere in allen Größen, die er bevorzugt nachts jagt. Oft klettert er auf Bäume, um dem Opfer aufzulauern, oder er schleicht sich nah heran und stürzt sich auf das Tier.

Jaguare können gut schwimmen. Sie fangen kleine Alligatoren, Schildkröten oder Fische, indem sie diesen von einem über dem Wasser liegenden Vorsprung auflauern. Fische können sie mit den Pfoten aus dem Wasser herausschleudern. In einem Versteck wird dann die Beute verspeist.

In vielen Gebieten ist die Zahl der Jaguare im Zuge der Besiedlung und Rodung der Wälder, aber auch durch Jagd stark zurückgegangen. Glücklicherweise vermehren sich die Tiere im Zoo so gut, dass die Gefahr des Aussterbens nicht besteht. In Gefangenschaft können Jaguare übrigens bis zu 22 Jahre alt werden.

Der Amerikanische Panther ist das völlig schwarze Expemplar der ansonsten gelblich-schwarz-gefleckten Großkatzen. Beide Farben kommen manchmal im selben Wurf vor. Jaguare sind vor allem in der Dämmerung und nachts aktiv.
Sie jagen größere Wirbeltiere, an die sie sich zunächst anschleichen, um sie dann mit einem Sprung zu packen und mit einem Nackenbiss zu töten.

Gepard
Verbreitung: **Afrika, südlich der Sahara**
Lebensraum: **Offenes Buschland, Savanne und Halbwüste**

Gepard

Der Gepard weicht vom allgemeinen Typ der Familie der Katzen erheblich ab. Er hat zwar einen katzenartigen, langen Schwanz und einen katzenartigen Kopf, aber ungewöhnlich lange Beine. Die Krallen seiner Zehen lassen sich nicht mehr zurückziehen. Sie sind wie beim Hund durch Abnutzung kurz und stumpf. Die Größe eines Geparden beträgt etwa 1,20–1,40 m plus Schwanzlänge (60–80 cm). Die Weibchen sind in der Regel etwas größer als die Männchen.

Die Beute des Gepards, oftmals Hirsche, Gazellen und andere Antilopenarten, kann also nicht mit den Krallen gepackt werden. Der Gepard trommelt stattdessen die Beute mit den Vorderpfoten nieder.

So wie man bei uns Jagdhunde zur Jagd benutzt, übernimmt diese Funktion seit Jahrtausenden der Gepard in Teilen Asiens und Afrikas.

Für meine Notizen:

Geparde leben alleine oder in Gruppen. Leben sie im Rudel, so jagen sie auch gemeinsam größere Tiere. Zunächst umschleichen sie die Beute und strecken sie dann nach kurzem, schnellen Sprint nieder. Der Biss erfolgt in den Hals. Gelingt ihnen der Fang allerdings nicht innerhalb kurzer Zeit, geben sie auf.

Dazu werden nur Tiere, die das Jagen bereits von der Mutter erlernt haben, gefangen und gezähmt.

Als schnellstes Säugetier kann der Gepard über kurze Strecken ein Tempo von etwa 80 km/h, im Extremfall sogar 100 km/h erreichen und dabei über sechs Meter lange Sprünge machen. In dieser Geschwindigkeit verfolgt der Gepard nach dem Auflauern ein Beutetier über kurze Strecken. Gelingt es ihm, das Tier zu Boden zu reißen, ruht er sich zunächst kurz aus und beginnt dann zu fressen.

Das Gepardenweibchen ist etwa alle acht bis zehn Tage für zwei Wochen paarungsbereit. Kommt es zur Paarung, werden nach einer Tragzeit von etwa 90–95 Tagen bis zu sechs Junge geboren.

Geparden sind südlich der Sahara verbreitet. Dort bewohnen sie Savannen, Halbwüsten und Ebenen mit Buschwerk.

Leopard

Der Leopard ähnelt in Farbe und Zeichnung und auch in der Gestalt dem Jaguar. Sein Verbreitungsgebiet ist sehr groß: es umfasst das südliche Asien und Afrika. Hier lebt er in Wüsten, Gebirgen, Regenwäldern und Savannen.

Die Gesamtlänge eines Leoparden beträgt etwa 240 cm, davon ist der Schwanz allein 70 cm lang. Der Körper ist kräftig, der Kopf rundlich. Das prächtige Fell hat eine rötlich gelbe Färbung, die zum Bauch hin heller wird. Zahlreiche Flecken bedecken den Körper und lassen das Tier zunächst auffällig bunt erscheinen. Doch die Fellfärbung stimmt so gut mit den Erd- und Pflanzenfarben seines Lebensraums überein, dass das Raubtier nur bei genauem Hinsehen zu erkennen ist.

Am liebsten hält sich ein Leopard in Waldungen mit dichtem Unterholz auf. Auch im Gebirge findet er Raum für Verstecke und Jagd. Der Leopard ist nicht das schnellste Raubtier, er kann aber gewaltige Sprünge machen und sehr gut klettern. Auf Bäumen verfolgt er Paviane, wodurch ein überstarkes Vorkommen dieser Tiere verhindert wird.

Seine Hauptnahrung besteht u. a. aus Ziegen, Hühnern, Antilopen und Schafen. Oft tötet der Leopard in einer Nacht mehrere Tiere. Deshalb fürchten Viehzüchter ihn mehr als den Löwen, denn dieser reißt höchstens ein Tier pro Nacht. Wie Naturforscher berichten, geht der Leopard bis in die Dörfer, ja sogar bis in die Hütten, um Beute zu machen. Menschen greift ein Leopard in der Regel nicht an.

Wenn das Weibchen zur Paarung bereit ist, hinterlässt es seinen durchdringend riechenden Urin an den Bäumen. Das Männchen wird angelockt und bleibt etwa eine Woche, bis die Paarung vollzogen ist. Danach ist das Weibchen wieder allein. Es wirft nach einer Tragzeit von 90–110 Tagen zwei bis sechs – zunächst blinde – Junge und zieht sie allein auf. Meist überleben aber nur ein bis zwei pro Wurf. Die Jungen werden in der ersten Zeit in ständig wechselnde Verstecke getragen, damit sie nicht von Hyänen oder Löwen gefressen werden. Nach einigen Monaten lernen die Jungen selbst zu jagen und für sich zu sorgen.

Zur Familie der Katzen gehören auch schwarze Panther, die sich außer der Fellfärbung in keiner Weise vom Leoparden unterscheiden. Nicht zu verwechseln ist der Panther mit dem so genannten Amerikanischen Panther, dem schwarzen Exemplar des Jaguars.

Leopard
Verbreitung: **Afrika, Mittel- und Südasien**
Lebensraum: **Wüste, Wälder und Gebirge**

Familie Hund

Haushund (Golden Retriever)
Verbreitung: **Unterschiedliche Rassen in vielen Teilen der Erde**
Lebensraum: **Zur Gesellschaft oder Nutzung in der Nähe des Menschen**

Haushunde, die eine domestizierte Form des Wolfes darstellen, lassen sich in etwa 400 Rassen teilen, die nach bestimmten Ähnlichkeiten verschiedenen Rassengruppen zugeordnet werden. Beispiele dafür sind u. a. Terrier, Spaniel, Treibhunde und Schäferhunde.

Die Familie der Hundeartigen gehört ebenfalls zu den Raubtieren. Viele von ihnen leben in Rudeln und haben große Reviere, in denen sie jagen. Oft legen sie weite Strecken in großem Tempo zurück, um Beutetiere zu fangen. Das gilt besonders für größere Hundeverwandte. Wenn sie im Rudel unterwegs sind, kreisen sie ihre Opfer ein und überwältigen sie gemeinsam. So können auch Tiere, die größer sind als sie selbst, gejagt werden.

Afrikanischer Wildhund
Verbreitung:
Afrika südlich der Sahara
Lebensraum:
Steppe, Halbwüste und Bergland

Wildhunde leben in Rudeln von bis zu 30 Tieren zusammen. Auf der Suche nach Beute ziehen sie durch große Gebiete und verweilen nur dann an einem Ort, wenn den Jungen ein Weiterziehen nicht möglich ist.

Hunde können zwar nicht scharf, aber durch die Lichtempfindlichkeit ihrer Augen auch in der Nacht sehen. Besonders gut entwickelt ist ihr Geruchssinn. Schon auf mehrere hundert Meter kann ein Hund einen Menschen wittern. Er kann älteren Fährten folgen und an der Geruchsstärke die Richtung, in die jemand gegangen ist, erkennen. Auch das Gehör ist sehr gut ausgeprägt. Jedes kleine Geräusch lässt einen Hund aufhorchen. Sofort spitzt er die Ohren, hebt den Kopf und beginnt zu knurren oder zu bellen. Besonders gut entwickelt sind die Zähne der Hundeartigen. Die Eckzähne sind zu spitzen Fangzähnen umgewandelt und auch die Reißzähne sind bestens zum Zerbeißen von Fleischstücken geeignet. Neben Fleisch werden aber auch Pflanzen gefressen. Das ermöglichen die hinteren Backenzähne mit ihren breiten Kauflächen.

Die Angehörigen der Familie der Hundeartigen sind Zehengänger. Sie treten mit vier Zehen auf. Im Gegensatz zu den Katzen haben sie aber festsitzende Krallen, die sich nicht einziehen lassen und sich daher beim Laufen abnutzen. Als Einsatz im Kampf sind sie nicht zu gebrauchen.

Zur Familie der Hundeartigen gehören u. a. der Wolf, der Schakal, der Fuchs, der Hyänenhund und natürlich Haus- und Jagdhunde.

Schakal

Schakale leben in der Savanne Afrikas und im Buschland Südosteuropas und Südasiens. Der häufigste Schakal ist der **Schabrackenschakal**, der vom Körperbau an einen Hund erinnert. Er erreicht eine Körperlänge von etwa einem Meter, sein Schwanz ist ungefähr 30 cm lang. Das Fell ist meist rotbraun, manchmal grau. Auf seinem Rücken hat er einen grauschwarzen Flecken, der ihn deutlich von anderen Schakalarten unterscheidet.

In von Menschen unbewohnten Gegenden jagt der Schakal in Gemeinschaft mit anderen tagsüber und nachts, in anderen Gebieten nur in der Dämmerung und nachts. Er fängt Kleintiere, frisst aber auch Früchte, Beeren und Aas. Besonders Aas ist eine stets willkommene Mahlzeit. Wenn Löwen oder Tiger ein größeres Beutetier gerissen haben, fällt häufig etwas für Schakale ab.

Das Schakalweibchen bringt nach einer Tragzeit von ca. neun Wochen bis zu sechs Junge in einem Wurf zur Welt.

Schakal
Verbreitung: **Südosteuropa, Südasien und Afrika**
Lebensraum: **Buschland**

Das Männchen lebt mit dem Weibchen zusammen. Mehrere Elternpaare ziehen ihre Kleinen gemeinsam auf.

Andere Schakalarten sind der **Goldschakal**, der etwas kleiner als der Schabrackenschakal ist – und wegen seines Aussehens früher für den Vorfahren unseres Haushundes gehalten wurde – und der **Streifenschakal**, der durch seine seitlichen dunklen Streifen im grauen Fell sowie seine weiße Schwanzspitze auffällt.

Wölfe gehören zu den vom Aussterben bedrohten Tieren, denn sie werden vom Menschen verfolgt. Sie leben in einem Revier, das einige 100 m² groß ist und dessen Grenzen durch Urin markiert werden. Häufig gehen Wölfe gemeinsam auf Beutejagd. Dann kreisen sie das Opfer ein und verfolgen es, wenn es sein muss, über viele Kilometer, denn Wölfe sind zwar nicht besonders schnell, aber sehr ausdauernd.

Wolf
Verbreitung: **Nordeuropa, Kanada und Russland**
Lebensraum: **Arktische Tundra, Steppe und Waldgebiete**

Wolf

Der Wolf aus der Familie der Hundeartigen ist der bekannteste Wildhund. Früher waren verschiedene Rassen in großen Teilen Europas, Asiens und Nordamerikas verbreitet. Heute ist er in vielen Gebieten ausgerottet. Der Wolf ist ein muskulöses und kräftiges Tier. Seine Fellfärbung ist je nach Verbreitungsgebiet graubraun, rötlich braun oder schwarz. In den Polargebieten ist er fast weiß.

Größere Arten sind bei 1,40 m Länge schwerer als 75 kg, kleinere Arten wiegen nur 15 kg. Die Weibchen sind meist kleiner und leichter als die Männchen.

Die Nahrung der Wölfe besteht aus Hasen, Vögeln und Nagetieren. Im Winter fallen Wölfe sogar Elche, Hirsche und Rentiere an, die sie über weite Strecken verfolgen, bis sie sie schließlich mit ihren starken Reißzähnen packen.

Wölfe leben in Rudeln. Hier herrscht eine strenge Rangordnung, die sich durch bestimmte Gebärden oder Haltungen ausdrückt: z. B. hält ein leitendes Männchen seinen Schwanz höher als die anderen Männchen. Ebenso kann aber auch eine Wölfin das Leittier sein. Innerhalb des Rudels leben oft mehrere Familiengruppen und Einzelgänger zusammen.

Zwischen Februar und April paaren sich die stärksten und ranghöchsten Tiere eines Rudels. Nach zwei Monaten werden zwischen drei und zehn Junge geboren. Diese kommen in einem Versteck oder einer selbst gegrabenen Höhle zur Welt. Sie sind zunächst blind. Etwa zwei Monate lang werden die Kleinen gesäugt. Zwischendurch bekommen sie aber bereits vorverdaute Fleischstücke. Die Versorgung wird nicht nur von der Wölfin vorgenommen, auch andere Mitglieder des Rudels helfen dabei. Mit einem Jahr sind Wölfe ausgewachsen und mit etwa drei Jahren geschlechtsreif. Wolfspaare bleiben häufig mehrere Jahre zusammen. Wölfe werden in Freiheit etwa zehn Jahre alt, in Gefangenschaft ca. fünfzehn.

Kojote

Ein naher Verwandter des Wolfes ist der Kojote, der auch Nordamerikanischer Präriewolf genannt wird. Seine Verbreitung reicht von Alaska bis nach Mittelamerika. Bei einer Körperlänge von nur 90 cm und einem Gewicht von 15–20 kg ist der Kojote wesentlich leichter als der Wolf.

Der Kojote lebt in kleinen Gruppen oder alleine in der Prärie und in lichten Wäldern. Trotz Verfolgung durch den Menschen und besonders durch seinen eigenen Verwandten, den Wolf, hat er sich stark vermehren können.

Er ernährt sich überwiegend von Nagetieren und Kaninchen und ist dem Bauern damit eigentlich nützlich.

Außerdem frisst der Kojote Schlangen und Insekten sowie Beeren und Gras. Sogar Fische und Frösche holt er sich aus dem Wasser.

Die jungen Kojoten werden nach einer Tragzeit von etwa 60 Tagen geboren. Sie und das Weibchen werden in den folgenden Wochen von dem Männchen mit Nahrung versorgt. Wenn die Jungen etwa ein halbes Jahr alt sind, suchen sie sich ein eigenes Revier.

Kojote
Verbreitung: **Von Alaska bis nach Mittelamerika**
Lebensraum: **Prärie und lichte Wälder**

Fuchs

Der Fuchs, im Volksmund auch „Meister Reineke“ genannt, unterscheidet sich von allen Hundeverwandten durch ein besonderes Merkmal: Seine Pupille ist nicht wie bei den anderen rund, sondern länglich wie bei einer Katze. Weiterhin ist seine spitze Schnauze kennzeichnend, die sich von dem breiten Kopf absetzt. Der Pelz des Fuchses ist auf dem Rücken rötlich, am Bauch weiß, der Schwanz ist lang und buschig.
Im Winter ist sein Fell heller und dichter als im Sommer.

Füchse wohnen meist in Wäldern oder deren Randgebieten, wo sie leicht das offene Feld erreichen können. Ihr Zuhause ist ein unterirdischer Bau, den Männchen und Weibchen zeitweise gemeinsam bewohnen. Der Bau besteht aus verschiedenen Kesseln auf mehreren Ebenen, die über Gänge miteinander verbunden sind und mehrere Ausgänge zur Erdoberfläche haben. Er wird ganzjährig bewohnt.

Das Revier eines Fuchses umfasst einen Radius von 3–4 km um seinen Bau. Tagsüber schläft der Fuchs meist in seinem Bau, in der Nacht geht er auf Jagd. Dann schleicht er sich an Beutetiere heran, um sie mit einem Sprung zu fassen.

Seine Hauptnahrung sind Mäuse. Manchmal fängt er auch Hasen oder Hühner und plündert Vogelnester. Auch Frösche, Käfer und Schnecken sowie Kartoffeln und Rüben verschmäht er nicht.

Nach einer Paarungszeit im Januar oder Februar werden im Mai vier bis acht Junge geboren. Zuvor hat die Füchsin (Fähe) einen Wurfbau gegraben, den sie mit ihren Bauchhaaren weich gepolstert hat. Die Jungen werden acht Wochen lang gesäugt. In dieser Zeit versorgt der Fuchs (Rüde) die Fähe und später auch die Jungen. Durch Spielen und erste Ausflüge in das Revier lernen die Jungen die Jagd und Nahrungssuche.

Rotfuchs
Verbreitung: **Nordamerika, Europa, Asien, Australien**
Lebensraum: **Uferböschungen, Waldränder und Felder**

Familie Hyänen

Hyänen leben in Südwestasien und in Afrika. Diese Tiere gehören verwandtschaftlich zu den Katzen, obwohl man vom Körperbau vermuten könnte, dass sie zu den Hundeartigen gehören.

Hyänen haben einen großen Kopf und ein besonders kräftiges Gebiss. Damit sind sie in der Lage, selbst größte Knochen zu zermalmen. Ihre Vorderbeine sind länger als die Hinterbeine, daher ist der Rücken etwas abschüssig. Sie können weder besonders schnell laufen noch besonders gut springen.

Hat man früher geglaubt, Hyänen ernähren sich nur von Aas und kranken Tieren, so hat man inzwischen beobachtet, dass beispielsweise die größeren Arten wie die Tüpfelhyäne selbst in Rudeln nach Antilopen oder Zebras jagen. Diese werden zunächst mit einem Biss ins Bein zu Fall gebracht.

Hyänen sind überwiegend am frühen Morgen auf Jagd. Haben sie schließlich ihre Beute überwältigt und getötet, erklingt ihr bekanntes Heulen und Lachen.

Die größte Hyänenart ist die **Flecken-** bzw. **Tüpfelhyäne**. Sie wird etwa 1,60 m lang und 80 kg schwer. Ihre Rudel von bis zu 100 Tieren sind meist in offenem Gelände zu finden. Das Revier wird mit Urin und Drüsenausscheidungen an den Grenzen markiert. Die Jungen kommen in einer unterirdischen Höhle zur Welt. Sie werden über ein Jahr lang gesäugt, danach können sie mit auf die Jagd gehen.

Eine andere Hyänenart ist die **Streifenhyäne**, die nur etwa einen Meter lang wird und in Afrika und Asien verbreitet ist. Sie frisst meist Aas oder kleinere Tiere wie Schafe und Ziegen.

Die selten gewordene **Schabrackenhyäne** lebt in Südafrika. Sie wird auch als **Strandwolf** oder **Braune Hyäne** bezeichnet. Ihre Hauptnahrung sind Kadaver, Vögel, Hühner, aber auch Muscheln und Fische. Sie gehört zu den gefährdeten Arten.

Tüpfelhyäne

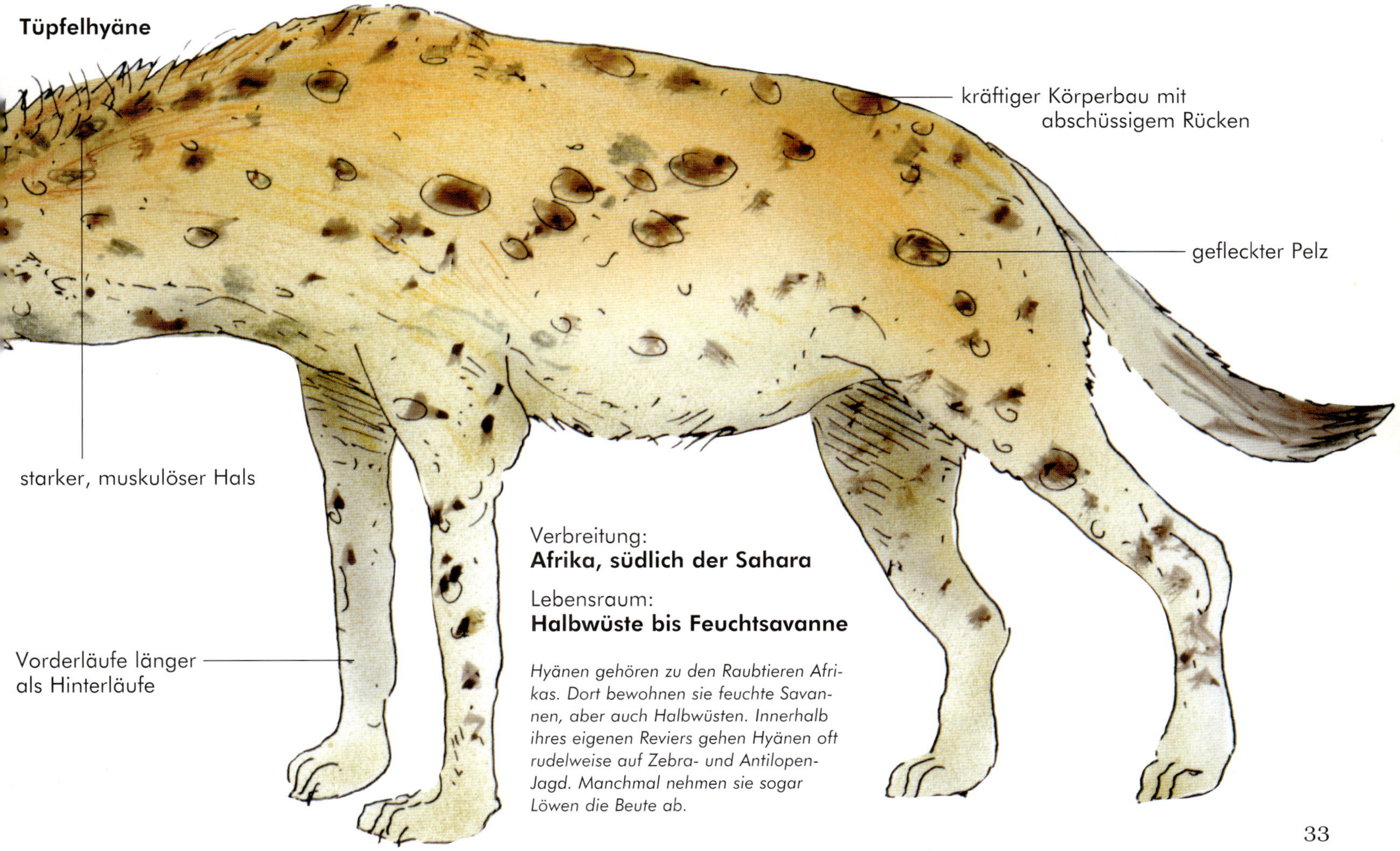

Verbreitung:
Afrika, südlich der Sahara

Lebensraum:
Halbwüste bis Feuchtsavanne

Hyänen gehören zu den Raubtieren Afrikas. Dort bewohnen sie feuchte Savannen, aber auch Halbwüsten. Innerhalb ihres eigenen Reviers gehen Hyänen oft rudelweise auf Zebra- und Antilopen-Jagd. Manchmal nehmen sie sogar Löwen die Beute ab.

Familie Marder

Die Familie der Marder ist bis auf Australien und Madagaskar über die ganze Erde verbreitet. Sie besteht aus etwa 67 Arten kleiner bis mittelgroßer Säugetiere. Die meisten Marder haben einen schlanken, beweglichen Körper und einen langen Schwanz. Sie sind gute Kletterer.

Alle Marder haben Duftdrüsen, mit deren Ausscheidungen sie ihr Revier markieren. Bei manchen Arten werden diese starken Duftstoffe sogar zur Verteidigung eingesetzt.

Zu den Marderartigen gehören u. a. Iltis, Hermelin, Wiesel, Vielfraß und Fischotter.

Iltis
Verbreitung: **Europa**
Lebensraum: **Wald**

Fischotter
Verbreitung: **Europa, Nordafrika und Nordrussland**
Lebensraum: **Offene Sumpfgebiete, Bach und Flussränder, Seen**

Edelmarder

Der Edel- oder Baummarder lebt in Europa und Westasien. Er hat einen 35 cm langen Körper und ein dunkelbraunes Fell mit einem hellgelben Flecken an Hals und Kehle. Sein seidiges Fell gilt als sehr wertvoll. Der lange, buschige Schwanz dient dem Edelmarder als Steuer, wenn er springt. Seine kurzen Beine mit den kurzen Zehen haben scharfe Krallen.

Edel- oder Baummarder
Verbreitung: **Europa, Westasien**
Lebensraum: **Waldgebiete**

Der Marder geht vorwiegend nachts auf Jagd. Er klettert und springt blitzschnell in den Bäumen umher und fängt Eichhörnchen und Vögel. Aber auch Kaninchen und junge Rehe müssen sich vor ihm in Acht nehmen. Manchmal dringt der Marder, wenn er sehr hungrig ist, auch in Taubenschläge oder Hühnerställe ein. Dort tötet er alles, was er vorfindet. Es entspricht seinem Instinkt, alles zu packen, was sich an Beute bewegt. Im Herbst frisst der Marder auch Beeren und Früchte.

Tagsüber hält sich der Edelmarder in seiner Baumhöhle oder unter einem Holzstoß versteckt.

Die Marderweibchen bringen nach einer Tragzeit von ungefähr sechs Monaten zwei bis sieben Junge zur Welt. Diese sind nach etwa vier Monaten selbstständig, mit zwei Jahren geschlechtsreif.

Fischotter

Zur Familie der Marderartigen gehören auch die Fischotter, die sehr gut an ein Leben im Wasser angepasst sind. Sie haben zwar den schlanken Körperbau eines Marders, aber einen dickfleischigen, muskulösen Schwanz, der zur Fortbewegung im Wasser dient. An den vier Beinen befinden sich Schwimmhäute. Das kurze, dichte Fell hält die Haut trocken, denn es bildet ein Luftpolster um den gesamten Körper. Auf dem Land können sich Fischotter gut bewegen, im Wasser sind sie hervorragende Taucher und Schwimmer, die nach Fischen, Fröschen und anderen Wassertieren jagen. Auch Wühlmäuse und Wasservögel stehen auf ihrem Speiseplan.

Die Jagd findet vorwiegend nachts statt, am Tage leben die Tiere in ihren Höhlen an Flussufern. Fischotter sind sehr verspielte Gesellen, die sich voller Vergnügen von den Flussböschungen herabkugeln lassen. Im Frühling – in den südlichen Breiten zu jeder Jahreszeit – werden nach einer Tragzeit von ungefähr 60 Tagen zwei bis drei Junge geboren. Fischotter werden

50–80 cm lang, ihr Schwanz 30–50 cm. Sie gehören zu den gefährdeten Arten, weil sie von den Fischern als Konkurrenten beim Fischfang angesehen werden.

Fischotter leben als Einzelgänger und sind nur sehr selten zu beobachten. Ihr Verbreitungsgebiet ist Europa (ausgenommen viele Mittelmeerinseln), Nordafrika und Asien.

Dachs
Verbreitung: **Europa und Asien**
Lebensraum:
Uferböschungen, Felder, Moore, Hecken und Wälder

Dachs

Der Dachs ist ein plumpes Tier mit einem gedrungenen Körper aus der Familie der Marderartigen. Die Körperlänge liegt zwischen 60 und 90 cm. Der Dachs hat einen kurzen Schwanz und große Pfoten, an denen sich kräftige Grabkrallen befinden. Seine Färbung ist auf der Körperoberseite grau, auf der Unterseite schwarz. Der schwarzweiß gestreifte Kopf verläuft an der Schnauze meist rüsselförmig.

Der **Europäische Dachs** lebt in riesigen unterirdischen Bauten, die er sich mit seinen Krallen gräbt. Die Bauten bestehen aus verzweigten Gangsystemen mit einzelnen Kammern, die mit Gräsern und Pflanzenteilen ausgepolstert sind. Hier werden nach einer Tragzeit von etwa einem Jahr auch die Jungen, etwa zwei bis vier an der Zahl, geboren.

Tagsüber halten sich Dachse meist in ihren Höhlen auf, nachts spielen und balgen sie draußen. Ihre Nahrung besteht aus Früchten, Nüssen, Regenwürmern, Mäusen, Fröschen und Jungkaninchen.

Der **Honigdachs** ist eine besondere Art in Afrika. Er verspeist Honig und Larven. Dabei kommt ihm ein Vogel zu Hilfe, der Honiganzeiger. Dieser sucht die Nester der Bienen und lockt mit seinen Rufen den Honigdachs heran, der dann die Nester mit seinen Grabpfoten öffnet.

Gemeinsam können die beiden nun die Mahlzeit genießen. Durch seine besonders feste Haut ist der Honigdachs vor Bienenstichen geschützt.

Das Stinktier ist ein Marder, der von Mäusen, Eiern, Insekten, Beeren und Aas lebt. Berüchtigt ist sein Geruch, der von Drüsen des Analbereichs ausströmt. Dieser Geruch wird zur Abwehr von Feinden eingesetzt.

Streifenstinktier
Verbreitung:
Nordamerika
Lebensraum:
Lichte Wälder, Grasland

Stinktier

Das Stinktier oder Skunk ist eines der bekanntesten Marderarten. Mit Hilfe seiner Drüsenabsonderungen kann es einen scheußlichen Gestank verbreiten. Stinktiere haben einen langen, schlanken Körper mit einer dunklen Grundfarbe und hellen Streifen. Ihr Schwanz ist lang und dicht behaart. Sie bewohnen die steppenartigen Gegenden Amerikas.

Tagsüber liegt das Stinktier meist in selbst gegrabenen Höhlen, in Felsspalten oder Baumhöhlen und schläft. Nachts wird es munter und sucht nach Beute, die aus Insekten, Lurchen, Vögeln und kleinen Nagetieren besteht. Nur wenn man das Stinktier reizt oder verfolgt, nutzt es seine stinkende Drüsenabsonderung als Waffe. Dann hebt es den Schwanz und spritzt den Saft gerade von sich weg. Wird es direkt angegriffen, spritzt es die Flüssigkeit direkt auf das Tier, so dass dieses von ihm ablässt. Der Geruch bleibt noch wochenlang im Fell des Feindes haften.

Die Weibchen werfen nach einer Tragzeit von 60–75 Tagen zwei bis fünf (selten acht) Junge, die in verborgenen Höhlen, die mit Pflanzen ausgepolstert sind, geboren werden.

Verschiedene Arten sind das **Weißrückenstinktier** in Südamerika, das **Streifenstinktier** in Nordamerika und der **Fleckenskunk** im Westen der USA.

Vielfraß

Der Vielfraß aus der Familie der Marderartigen kommt in allen nordischen Ländern rund um den Nordpol vor. Er steht in dem Ruf, ein besonders angriffslustiger und wilder Räuber zu sein.

Das Fell des Vielfraßes ist lang und dicht. Seine Färbung ist schwarzbraun mit hellen Streifen an den Körperseiten, am Kopf und auf der Schwanzoberseite. Bei 70–100 cm Körperlänge und einem schweren Körperbau ist der Vielfraß in der Lage, auch Tiere, die viel größer als er sind, zu töten. Er frisst Nagetiere und Vögel, schreckt aber auch nicht davor zurück, einen Elch oder ein Reh anzugreifen. Diese fängt er in einem Überraschungsangriff, indem er sich von einem Baum oder Felsen aus auf sie herabstürzt. Es kommt auch vor, dass er Wölfen, die gerade ihre Beute fressen, diese wegschnappt und die Wölfe verjagt. Durch seinen üblen Geruch, den er mit seinen Duftdrüsen verbreitet, gelingt ihm das sogar.

Vielfraße leben in einem großen Revier. Dieses bewohnen jeweils ein Männchen und zwei oder drei Weibchen. Ein Vielfraßweibchen bringt im Frühling nach einer Tragzeit von sieben bis neun Monaten zwei bis drei Junge in einer Höhle zur Welt. Die Kleinen, die zunächst ein helles Fell haben, werden etwa acht Wochen lang gesäugt. Sie bleiben zwei Jahre bei ihrer Mutter, dann müssen sie sich ein eigenes Revier suchen.

Vielfraß
Verbreitung: **Skandinavien, Sibirien, Alaska, Kanada, Westen der USA**
Lebensraum: **Nadelwälder, Tundra**

Familie Großbären

Der Schwarzbär oder Baribal ist glänzend schwarz bis dunkelbraun gefärbt. Er ist gewöhnlich nur nachts aktiv und sucht dann auf langen Streifzügen nach Früchten, Beeren, Nüssen, Wurzeln und Honig. Außerdem frisst der Schwarzbär Insekten, Nagetiere und andere kleine Säugetiere, angschwemmte Fische und manchmal sogar Aas und Abfall.

Großbären sind Raubtiere, die in den wärmsten, aber auch in den kältesten Gebieten dieser Erde leben. Man findet sie in Hochgebirgen, aber auch am eisigen Meer. Sie sind Einzelgänger.Zu den Großbären gehören Grizzly-, Eis-, Schwarz- und Braunbären.

Der Körper von Bären ist groß und gedrungen. Sie haben einen großen Kopf und kurze Beine. Ihr Pelz ist dick und je nach Art hell- oder dunkelbraun bis schwarz; einzige Ausnahme ist der Eisbär mit seinem weißlichen Fell. An Vorder- und Hinterfüßen befinden sich jeweils fünf Zehen mit langen, gebogenen Krallen. Diese lassen sich nicht wie bei Katzen einziehen und sind deshalb meist stark abgenutzt. Bären sind Sohlengänger und treten mit der ganzen Fußsohle auf.

Alle Bären, die in den gemäßigten Zonen leben, fressen sich im Sommer eine Fettschicht für den kalten Winter an. Sie sind Allesfresser und ernähren sich von Beeren, Früchten, Gräsern und Wurzeln. Außerdem jagen sie Fische, Krebse, Vögel und Säugetiere. Die größeren unter ihnen fallen unter quälendem Hunger sogar größere Tiere wie Rinder oder Pferde an. Als Allesfresser haben sie neben Reißzähnen auch breite Backenzähne zum Zermahlen der pflanzlichen Nahrung.

Für die kalten Wintermonate graben sich Bären eine Erdhöhle, sofern keine natürlichen Höhlen oder Felsspalten vorhanden sind. Diese Behausung wird an einer Stelle mit Laub, Moos und Gras ausgepolstert, um ein weiches Ruhelager zu haben. Eisbären lassen sich unter einer dicken Schicht Schnee begraben und bauen daraus ihre Höhle.

Das Bärenweibchen zieht sich nach der Paarung in eine Höhle zurück und bekommt dort je nach Art nach 6–8 Monaten Tragzeit ein bis sechs Junge. Diese sind bei der Geburt blind. Sie werden von der Mutter gesäugt und umsorgt, beschützt und gepflegt.

Schwarzbär
Verbreitung: **Nordamerika**
Lebensraum: **Waldgebiete, Sümpfe**

Braunbär

Der Braunbär hat unter den Großbären das größte Verbreitungsgebiet. In Europa lebt er allerdings nur noch in Skandinavien, auf der Balkanhalbinsel und in Russland. Außerdem ist er in Teilen Asiens, Westkanadas und in Alaska zu finden. Unter dem Begriff Braunbär fasst man verschiedene Unterarten zusammen wie zum Beispiel den Kodiakbären oder Grizzlybären (auch Graubär genannt).

Braunbären zählen bei einer Größe bis zu zweieinhalb Metern zu den größten Raubtieren. Sie erreichen ein Gewicht von bis zu 650 kg. Sie leben allein, aber auch in kleinen Familienverbänden. Ihr Fell ist braun bis fast schwarz. Erwähnenswert ist das Gebiss mit seinen besonders kräftigen Eckzähnen.

In einigen Gegenden sind Braunbären nur noch nachts aktiv, weil sie früher tagsüber ständig gejagt wurden. Dann suchen sie Nüsse, Beeren, Wurzeln und Früchte, aber auch Fische, Insekten und kleine Wirbeltiere. In Alaska sind die Lachse ein besonderer Leckerbissen. Diese ziehen während ihrer Wanderung in großer Anzahl durch bestimmte Gebiete und werden von den Bären mit ihren kräftigen Pranken aus dem Wasser herausgeschleudert.

Braunbären legen sich im Sommer eine Reservefettschicht zu, von der sie während der Winterruhe in ihrer Höhle zehren.

Alle zwei oder drei Jahre bringt ein Braunbärenweibchen nach einer Tragzeit von ca. 6–8 Monaten bis zu vier Junge zur Welt. Diese sind bei der Geburt blind und mit nur etwa 400–700 g sehr klein. Sie bleiben mindestens ein Jahr bei der Mutter.

Braunbär
Verbreitung: **Europa, Asien, Nordamerika**
Lebensraum: **Wald, Tundra**

Eisbär

Der Eisbär ist in den Arktischen Meeren zu Hause. Dieses riesige Tier, das bis zu drei Meter groß wird, hat einen zottigen, cremefarbenen Pelz, unter dem sich eine dicke Fettschicht befindet. So macht ihm die eisige Kälte seines Lebensraumes nichts aus.

Trotz seiner gewaltigen Größe ist der Eisbär sehr schnell. Bei seiner Jagd auf Beute kann er bis zu 50 km/h laufen. Ebenso ist er im Wasser ein ausdauernder und geschickter Jäger.

Man hat Eisbären schon über 100 km weit vom Festland im freien Meer gesichtet. Dort halten sie auf Treibeisschollen Ausschau nach Seehunden. Dann nähern sie sich ihnen unter Wasser, um dann blitzschnell vor ihnen aufzutauchen. Seine wichtigsten Beutetiere sind neben Seehunden auch Fische (Lachse), Polarhasen und -füchse. Im Sommer geht der Eisbär häufig an Land. Dort frisst er die in der Tundra wachsenden Blätter und Früchte (z. B. Heidelbeeren) sowie Moose.

Während des Winters fallen Eisbären nicht in einen tiefen Winterschlaf. Sie halten lediglich Winterruhe und wachen zwischendurch immer wieder auf. Dann verlassen sie ihre Höhle jedoch nicht. Sie zehren von ihrer 3–4 cm dicken Fettschicht bis zum Ende des Winters.

Eisbären leben gewöhnlich allein. Die Paarung erfolgt im Sommer. Im Herbst richtet die Eisbärin ein Nest für die Jungen. Es ist meist an einem Hang, wo der erste Neuschnee hinfällt, denn dort baut sie aus der dicken Schneeschicht eine Höhle. Hier bringt sie ein halbes Jahr später meist zwei, manchmal bis zu vier Junge zur Welt, die zunächst blind sind und die Größe eines jungen Kätzchens haben. Diese bleiben für die nächsten beiden Jahre bei ihrer Mutter und lernen schwimmen und jagen.

Eisbär
Verbreitung:
Südliche Grenze des arktischen Packeises
Lebensraum:
Küsten und Eisberge

Familie Kleinbären

Zur Familie der Kleinbären, die eine eigenständige Gruppe unter den Raubtieren einnimmt, gehören etwa 17 Arten, die im gemäßigten und tropischen Klima Nord- und Südamerikas leben. Sie haben meist einen fuchsgroßen, länglichen bis gedrungenen Körper und ähneln Mardern oder Großbären.

Kleinbären sind gute Kletterer. Viele von ihnen leben auf Bäumen. Einige von ihnen ernähren sich nur von Fleisch, andere fressen Pflanzen. Zu den Kleinbären gehören u. a. der Waschbär und der Nasenbär.

Aus einer besonderen Familie der Kleinbären, die man als Katzenbären bezeichnet, stammen der Große und der Kleine Panda. Sie sind in Südwestchina bzw. in Zentralchina zu finden.

Kleiner Panda (Roter Panda, Katzenbär)
Verbreitung: **Südostasien bis Südwestchina**
Lebensraum: **Bambuswälder**

Waschbär

Der Waschbär ist vor allem in Mittel- und Nordamerika zu Hause. Dort lebt er in Wäldern und sumpfigen Gebieten, oft am Rande von Seen und anderen Gewässern.

Der Waschbär wird etwa 60 cm groß und hat einen 25 cm langen, buschigen Schwanz. Sein Fell ist dicht und hat eine grau melierte Farbe, die am Schwanz von schwarzen Ringen unterbrochen ist. An der dunklen „Maske“ in seinem hellen Gesicht und der spitzen Schnauze ist der Waschbär leicht zu erkennen. An seinen Vorderbeinen hat der Waschbär feine, lange Finger, mit denen er seine Nahrung hält. Diese besteht aus Nagetieren, Eiern, Früchten, Samen usw. Selbst in den entlegensten Verstecken spürt er noch seine Beute auf. Besonders gern sitzen Waschbären am Ufer eines Flusses und fangen Krebse, Frösche und Fische. Ihre Nahrungsstückchen halten sie zwischen den Vorderpfoten und waschen sie im Wasser. Daher stammt auch ihr Name.

Nach der Paarung von Waschbären vergehen noch etwa 60–65 Tage, bis drei bis fünf Junge geboren werden. Diese sind in den ersten drei Wochen noch blind. Bereits nach zwei Monaten sieht man sie mit der Mutter zusammen durch die Wälder streifen.

Waschbär
Verbreitung: **Nord- und Mittelamerika**
Lebensraum: **Waldgebiete mit Gewässern**

Nasenbär

Der Nasenbär aus der Familie der Kleinbären lebt in Mittel- und Südamerika. Dort findet man ihn in Gruppen von 30 Tieren und mehr. Sie sind sehr anpassungsfähig und können im tropischen Regenwald genauso leben wie in trockenen Gebirgen oder Wüsten.

Die Körperlänge eines Nasenbären liegt zwischen 45 und 65 cm. Der Schwanz ist fast genauso lang, dabei buschig und dunkelbraun geringelt. Er wird beim Laufen aufgestellt. Das auffälligste an diesem kräftigen Tier ist seine spitze, bewegliche Nase bzw. Schnauze. Damit kann der Nasenbär in schmalsten Felsenspalten nach Nahrung suchen. Diese besteht aus Spinnen, Insekten, Würmern usw. Der Nasenbär frisst aber auch Früchte, Mäuse und Echsen. Die Zeit der Futtersuche ist am Tag und in der Nacht. Lediglich mittags, wenn die Hitze am größten ist, ruht sich der Nasenbär lieber aus.

Die Gruppen der Nasenbären lösen sich kurz nach der Paarung auf. Nun leben die Weibchen für sich, bis sie nach einer Tragzeit von etwa 70 Tagen bis zu sieben Junge werfen. Diese werden meist in einer Felsspalte oder in einem Nest im Baum geboren. Sie leben zunächst noch mit der Mutter allein und schließen sich nach einigen Monaten der Gruppe der Einjährigen an.

Ältere Männchen sind nur während der Brunftzeit in der Gruppe. Sie haben aber keine bestimmende Funktion, sondern müssen sich den Weibchen unterordnen.

Nasenbär
Verbreitung:
Mittel- und Südamerika
Lebensraum:
Waldgebiete, Tieflandwälder

Panda/Bambusbär

Der **Große Panda**, der als Symbol des World Wide Fund for Nature (WWF) berühmt geworden ist, ist in der freien Natur fast nie zu sehen. Sein Bestand ist auf 1 500 Tiere geschrumpft. Der Panda gehört zu den Kleinbären. Mit seiner bärenähnlichen Gestalt wird er 1,50 m hoch. Sein weiches Fell ist schwarzweiß. Die Vorderpfoten sind durch einen verlängerten Handwurzelknochen zu Greifhänden umfunktioniert. Damit können mühelos die Bambusstängel gehalten werden, aus denen die Nahrung des Pandas besteht. Weil Bambustriebe und -schösslinge nur sehr wenig Nährstoffe enthalten, muss der Panda den größten Teil des Tages mit Fressen zubringen. Man vermutet, dass der Große Panda das einzige vegetarisch lebende Raubtier ist.

Panda
Verbreitung:
Chinesisches Bergland
Lebensraum:
Bambuswälder

Der Große Panda lebt allein in seinem eigenen Revier. Zur Paarungszeit sucht er sich außerhalb des Reviers ein Weibchen, das er mit leisen klagenden Lauten umwirbt und anlockt. Wird ein Junges geboren, ist dieses zunächst blind und wiegt nur etwas mehr als 100 g! Doch bereits nach zwei Monaten hat es sein Gewicht verzwanzigfacht.

Bambusbären bewegen sich einen großen Teil des Tages auf dem Boden. In Gefahrsituationen klettern sie auf Bäume. Der **Kleine Panda,** den man auch Roten Panda nennt, hat ein rötlich-braunes Fell mit einem geringelten, buschigen Schwanz. Im Gesicht trägt er eine besonders auffällige weiße Zeichnung. Auch der Kleine Panda ernährt sich hauptsächlich von Bambus. Daneben frisst das Tier aber auch Beeren, Wurzeln und Eicheln, ja sogar manchmal Vogeljunge. Er lebt in den Bambuswäldern und am Fuße des Himalaya.

Insekten-fresser

KAPITEL 4

Über 370 Arten von Insektenfressern gehören ebenfalls zur Ordnung der Säugetiere. Es sind kleine scheue Wesen, die je nach Familie nur eine Größe zwischen 3,5 cm und 45 cm erreichen. Einige haben ein weiches samtiges Fell, andere hingegen ein Stachelkleid.

Das besondere Merkmal von Insektenfressern ist die spitze Schnauze mit einem Gebiss, das aus vielen kleinen, spitzen und scharfen Zähnen besteht. Ihr Gehör- und ihr Geruchssinn sind meist gut entwickelt. Manche Arten können sogar Ultraschalltöne erzeugen und das Echo als Orientierung nutzen.

Die Ur-Insektenfresser lebten bereits vor etwa 100 Mio. Jahren in der Kreidezeit. Aus ihnen sollen sich sämtliche Säugetierordnungen vom Menschen bis zum Elefanten entwickelt haben.

Fast alle Insektenfresser sind Einsiedler. Viele von ihnen leben unterirdisch oder in versteckten Schlupfwinkeln. Unter der Erde haben sie oftmals ein Kessel- oder Gangsystem, in dem sie sich bewegen. Einige Arten leben am Wasser oder auf Bäumen. Insektenfresser ernähren sich von Schnecken, Käfern und Larven, aber auch von kleinen Nagetieren.

Insektenfresser leben in der ganzen Welt, nur in Australien und in den Polargebieten sind sie nicht zu finden.

Zur Familie der Insektenfresser gehören unter anderem Igel, Spitzmaus, Maulwurf und Rüsselspringer.

Maulwurf

Maulwurfshaufen

Der Maulwurf oder auch Mull genannt, gehört zur Familie der Insektenfresser. Er ist über ganz Europa und einen Teil Nordamerikas und Asiens verbreitet. Er verbringt fast sein ganzes Leben unter der Erde.

Überall dort, wo der Maulwurf feuchten, lockeren Boden vorfindet, wie Äcker, Wiesen und Gärten, legt er nah unter der Erdoberfläche eine große Anzahl von Gängen an. Dieses kann man oberirdisch leicht an den Maulwurfshaufen erkennen. Mehrmals am Tag durchkriecht der Maulwurf sein Gangsystem, um Nahrung zu suchen. Seine eigentliche Wohnung, der Kessel, liegt unter einem größeren Erdhaufen. Er ist gut ausgepolstert mit Gras, Laub und Moos. Häufig befindet sich der Kessel außerhalb der Gänge, die zum Jagen benutzt werden. Dann führt ein fester Zugang, die Laufröhre, dorthin.

Der Maulwurf hat sich im Körperbau der unterirdischen Lebensweise hervorragend angepasst: der gedrungene, walzenförmige Rumpf (insgesamt 15 cm lang) geht ohne erkennbaren Halsabschnitt in einen kleinen Kopf über, der sich mit der Nase zu einer Art spitzen Rüssel verlängert.

Augen und Ohren sind kaum zu erkennen, so verkümmert sind sie. Das Gebiss des Maulwurfs ist spitzzahnig, was ihn als Insektenfresser kennzeichnet.

Der Pelz des Maulwurfs ist dicht und samtig, damit Wasser und Erdteilchen abgehalten werden. Die Haare haben keine besondere Strichrichtung, so dass das Tier sich mühelos vorwärts und rückwärts bewegen kann. Der Körper ruht auf vier Beinen. Davon werden die Vordergliedmaßen als Grabschaufeln bezeichnet.

Ober- und Unterarm sind nur ganz kurz. Sie verschwinden völlig im Körper und lassen nur die Hände unter dem Fell hervorragen. Sie stehen waagerecht zu den Seiten ab. Die breiten Innenflächen sind dabei nach hinten gerichtet. Kurze Finger, die durch Häute miteinander verwachsen sind, haben scharfe, große Krallen. Die hinteren Gliedmaßen sind nur schwach entwickelt. Sie sind am Graben nicht beteiligt.

Bei seiner Wühlarbeit bahnt auch der Kopf mit seinem knorpeligen Rüssel den Weg mit frei. Dabei wird das Maul durch eine Hautfalte fest verschlossen, ebenso die Gehörgänge. Ist der Boden zu fest, zieht der Maulwurf den Kopf weit zurück. So reichen die Hände weiter als der Kopf nach vorn und können die

Maulwurf
Verbreitung:
Europa, Ostasien und Nordamerika
Lebensraum:
Erdreich

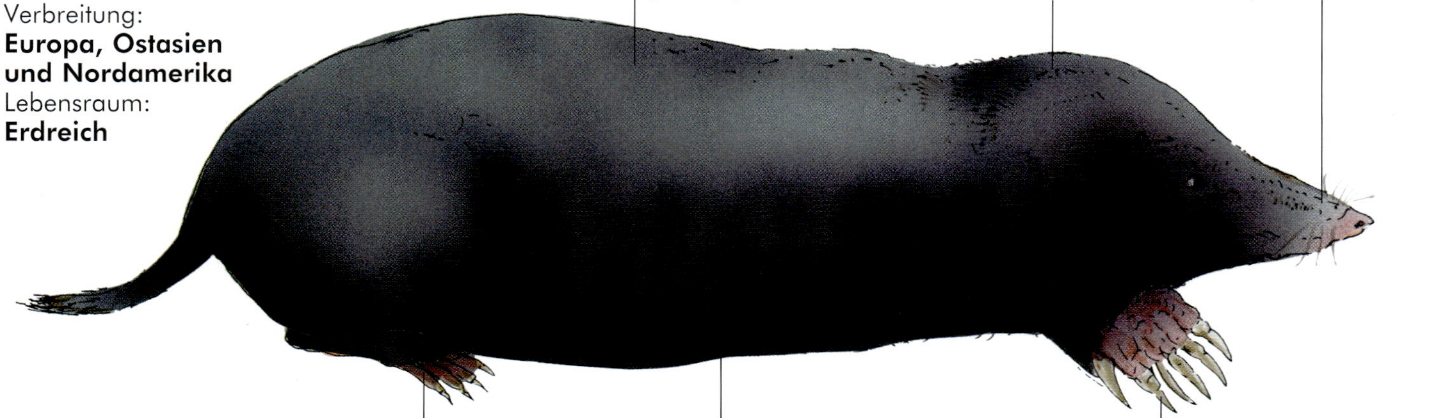

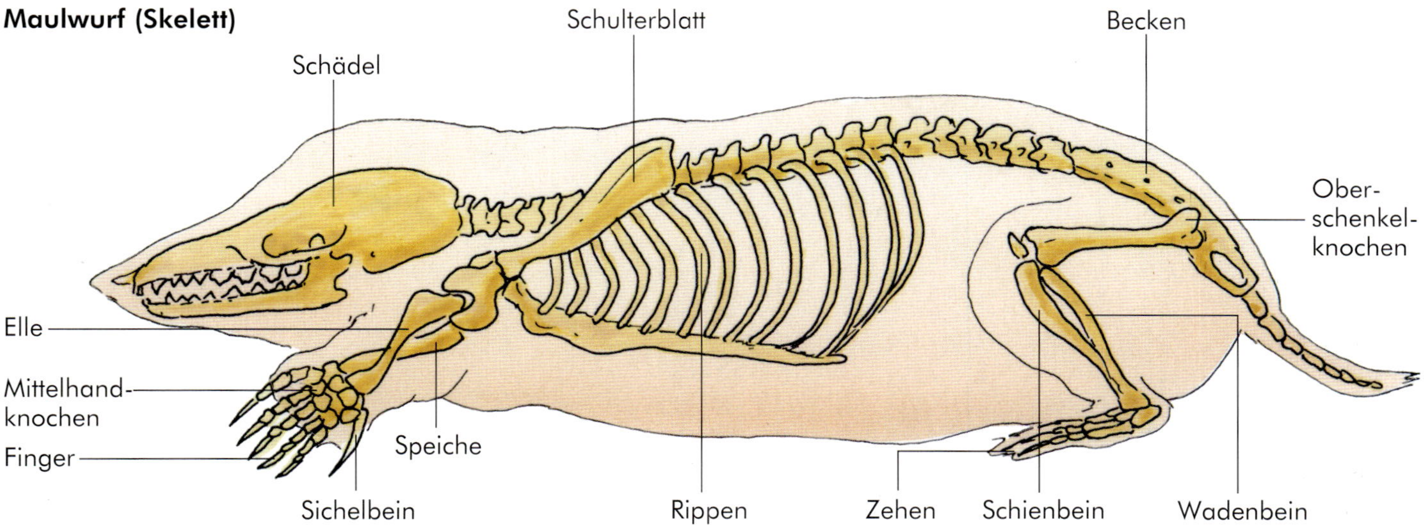

Erdmassen lösen. Wenn sich zu viel lockere Erde angesammelt hat, wird diese mit dem Kopf nach oben geschoben. Dadurch entstehen die für uns sichtbaren Maulwurfshügel.

Je nach Festigkeit des Bodens kann sich der Maulwurf pro Stunde zwischen 5 und 10 m vorarbeiten.

Die Nahrung eines Maulwurfes besteht überwiegend aus Regenwürmern, Insekten und Kerbtierlarven, die er unter der Erde findet. Mit seinem ausgezeichneten Geruchssinn spürt er diese leicht auf. Nachts kommt er manchmal an die Erdoberfläche, um dort Schnecken und anderes kleines Getier zu erbeuten. Mäuse sind beispielsweise ein willkommener Leckerbissen. Ein Maulwurf braucht wegen seiner kräftezehrenden Wühlarbeit sehr viel Nahrung. Er frisst täglich etwa so viel wie er selbst wiegt, manchmal sogar das Zwei- bis Dreifache.

Die Trinkwasserversorgung wird gesichert, indem der Maulwurf in der Nähe seines Baus Schächte ausgräbt, die sich mit Regenwasser füllen.

Jeder Maulwurf hat ein eigenes Revier. Gelangt ein anderes Tier einmal in sein Gangsystem, kommt es zu einem Kampf. Der Kampf geht solange, bis es nur einen Überlebenden gibt, der dann das Opfer verspeist.

Mit Beginn des Winters zieht der Maulwurf in tiefere Schichten der Erde, die frostfrei sind. Für diese Zeit legt er sich einen Vorrat an Würmern an, die er durch einen Biss in den Nervenstrang lähmt.

Der Maulwurf hat neben dem Menschen zahlreiche andere Feinde. Zu diesen gehören z. B. Iltis, Falke, Bussard, Eule, Storch.

Er ist für den Menschen aber auch nützlich, denn durch das Vertilgen von Mäusen und Insektenlarven hält er deren Anzahl in Grenzen.

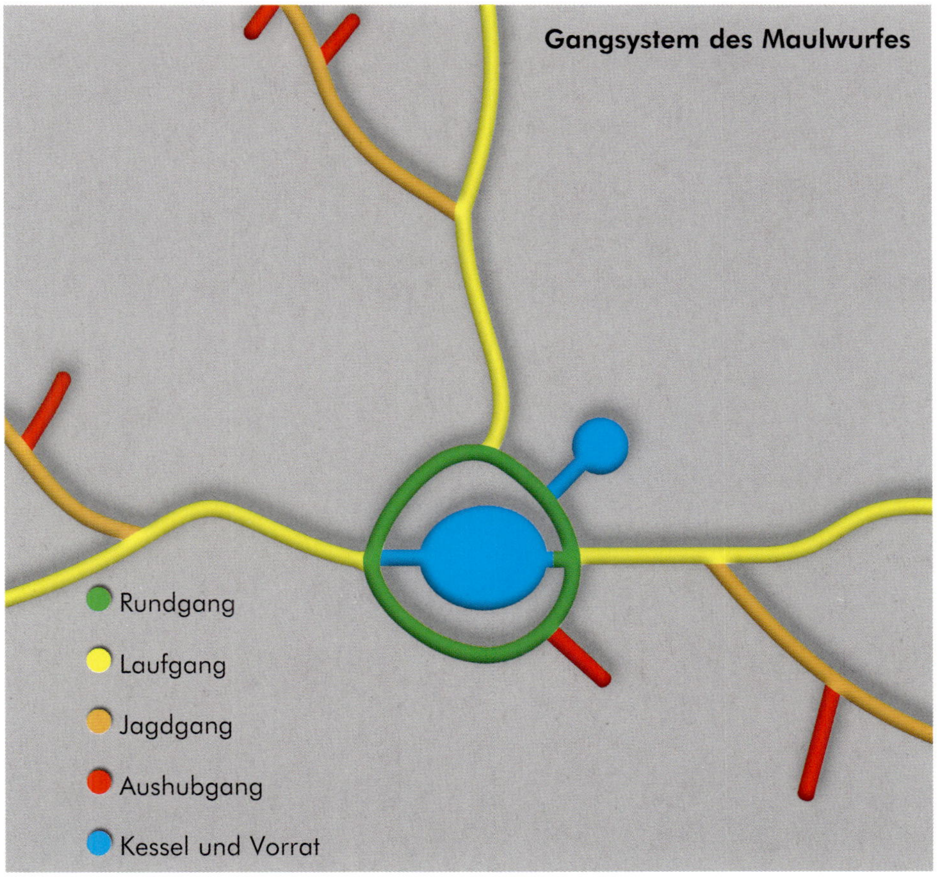

Igel

Igel
Verbreitung:
Europa, Asien und Afrika
Lebensraum:
Laub- und Mischwälder, Hecken- und Ackerland

Der Igel ist ein nachtaktives Tier aus der Familie der Insektenfresser. Sein Verbreitungsgebiet ist Europa (außer den kältesten Ländern), Asien und Afrika.

Er hat einen rundlichen Körper von etwa 30 cm Länge, er wiegt rund 1 200 g Gewicht und trägt ein Stachelkleid. Seine Beine und sein Schwanz sind kurz. Der Lebensraum des Igels sind Hecken, Gärten und Waldränder mit Buschwerk. In alten Kaninchenlöchern oder ausgehöhlten Bäumen richtet er sich ein Lager ein, das er mit Moos und Laub auspolstert. Dort schläft der Igel tagsüber.

Nachts geht der Igel auf Streifzüge innerhalb seines Reviers, das sich über einige hundert Meter ausdehnt. Mit seiner spitzen Schnauze sucht er nach Schnecken, Würmern, Käfern oder jungen Mäusen. Auch vor Kreuzottern macht ein Igel nicht Halt. Greift die Schlange ihn an, rollt sich der Igel blitzschnell zusammen. Die Schlange trifft nun überall auf die spitzen Stacheln. Gelingt es dem Igel, der Giftschlange das Rückgrat zu zerbeißen, kann er sie ganz verspeisen. Trifft ihn eine Kreuzotter im Gesicht, hat der Igel verloren und wird durch ihr Gift getötet. Wespen, und Bienenstiche machen einem Igel hingegen nichts aus.

Wird im Herbst die Nahrung knapper, zieht der Igel sich in sein warmes gepolstertes Lager zurück und fällt in einen langen tiefen Winterschlaf. In dieser Zeit zehrt er von den zuvor angemästeten Fettvorräten.

Nach der Paarung zwischen April und Juli bringt die Igelmutter 5–8 Junge zur Welt, die zunächst vier Wochen gesäugt werden, dann aber mit auf Nahrungssuche gehen. Manchmal kann man so eine Igelmutter mit ihren hinterher trippelnden Kleinen beobachten. Verliert ein Junges den Anschluss, gibt es einen Pfeifton von sich und die Mutter holt es zu sich. Nach etwa zwei Monaten müssen die Jungen allein zurechtkommen und werden aus dem Nest verjagt.

Feinde des Igels sind Hund, Fuchs und Iltis. Meist gelingt es dem Igel, sich schnell genug einzurollen, dann haben diese keine Chance mehr. Wird der Igel jedoch in eine Wasserpfütze geschoben, entrollt er sich und kann so leicht überwältigt werden.

Weil der Igel viele Schädlinge bekämpft, steht er bei uns unter Schutz.

Spitzmäuse

Spitzmäuse leben mit Ausnahme von Australien, Neuseeland und einem Teil von Südamerika fast überall. Sie sind lebhafte Tiere, die Tag und Nacht – mit nur kurzen Pausen – unterwegs auf Nahrungs-

Afrikanische Waldspitzmaus

Verbreitung: **Südafrika**
Lebensraum: **Feuchtgebiete an Waldrändern und Böschungen**

Spitzmäuse sind sehr lebhafte Tiere. Ihr Stoffwechselumsatz ist höher als bei anderen Tieren. So schlägt das Herz bis 1200-mal pro Minute. Viele Spitzmäuse können durch scharfriechende Ausscheidungen natürliche Feinde abschrecken.

Wasserspitzmaus
Verbreitung: **Fast ganz Europa**
Lebensraum: **Ufer**

suche sind. Sie verbrauchen sehr viel Energie und müssen täglich so viel fressen, wie sie selbst wiegen. Außer Würmern, Schnecken und Mäusen fressen Spitzmäuse auch Insekten und verschiedene Kleintiere. Dabei verlassen sich die Tiere vor allem auf ihren Geruch und ihr Gehör, denn sie können nicht besonders gut sehen. Ihre Feinde – wie u. a. Habichte oder Eulen – werden durch eine übel riechende Ausscheidung ihrer Drüsen abgehalten.

Einige Arten von Spitzmäusen sollen sogar ihre eigenen Ausscheidungsprodukte und die anderer Tiere wieder auffressen.

Die **Wasserspitzmaus**, die es auch in Europa gibt, kann schwimmen und tauchen. Sie ernährt sich überwiegend von Wasserinsekten sowie kleinen Fischen und Kaulquappen.

Rüsselspringer

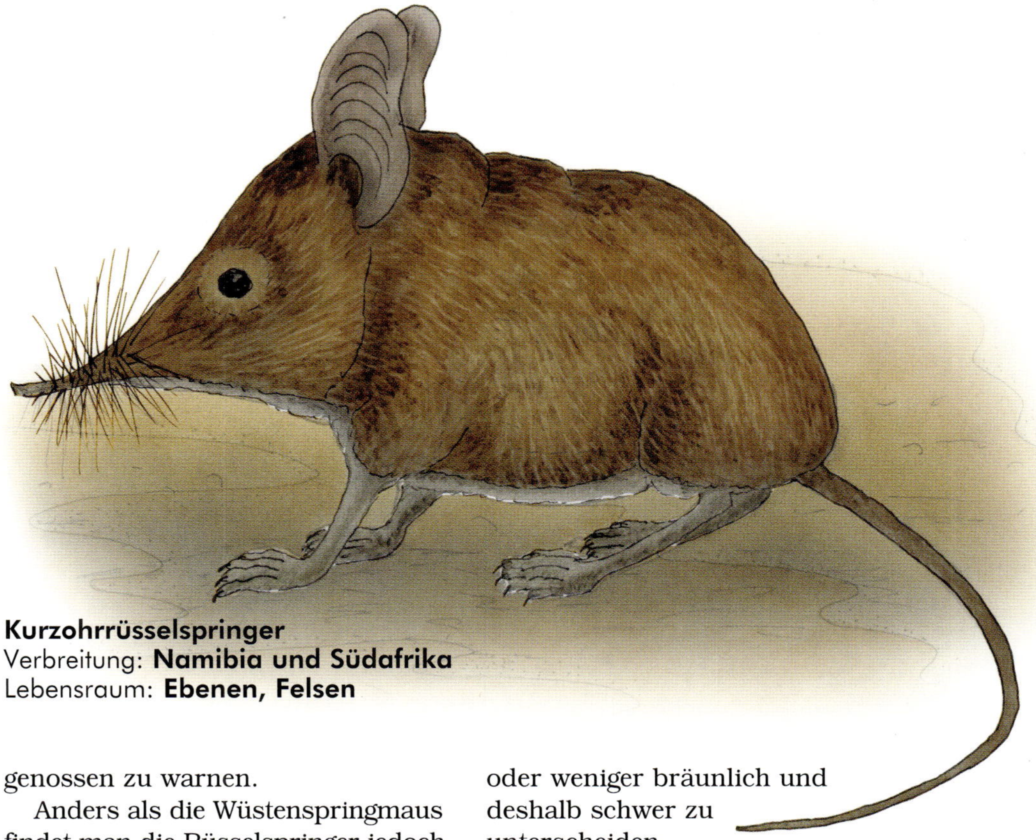

Kurzohrrüsselspringer
Verbreitung: **Namibia und Südafrika**
Lebensraum: **Ebenen, Felsen**

Wie nahezu alle Insektenfresser besitzen auch Rüsselspringer eine zu einem Rüssel ausgezogene Schnauze. Mit ihr stöbern die gerade maus- bis rattengroßen Tiere nach Insekten und Kleintieren aller Art. Aber auch grasende Rüsselspringer konnte man schon beobachten.

Die körperliche Voraussetzung als „Springer" weisen die Tiere in Form ihrer dünnen, sehnigen und langen Hinterbeine auf; diese sind zudem länger als die Vorderbeine. Besonders ausgeprägt ist dieser Körperbau bei den Elefantenspitzmäusen. Ohne den charakteristischen Rüssel könnte man sie für Wüstenspringmäuse halten. Aber auch alle anderen 20 Arten der Rüsselspringer hüpfen sehr weit. Bei Gefahr klopfen einige mit den Füßen auf den Boden, um ihre Artgenossen zu warnen.

Anders als die Wüstenspringmaus findet man die Rüsselspringer jedoch in der Savanne und dem Regenwald. Diese Bewohner Afrikas sind nur wenig tagaktiv. Die meisten verschlafen die Hitze in Erdhöhlen und kommen erst in der Dämmerung an die Oberfläche. Alle Arten sind mehr oder weniger bräunlich und deshalb schwer zu unterscheiden.

Bei den rotbraunen oder hell gefleckten Rüsselhündchen wird sogar eine Verwandtschaft mit den Spitzhörnchen vermutet. Aus den Vorfahren dieser Gruppe gingen die Halbaffen hervor.

Nager und Hasen

KAPITEL 5

Von den etwa 6 000 lebenden Säugetierarten gehören fast 3 000 Arten zu den Nagetieren. Sie sind in allen Lebensräumen (außer den Meeren) verbreitet. Man findet sie am Boden, auf Bäumen und auch im Wasser.

Eindeutig erkennbar sind Nager an ihrem Gebiss: In Ober- und Unterkiefer sitzen unter anderem jeweils zwei bogenförmig gekrümmte, starke und große Nagezähne. Sie haben keine Wurzeln und wachsen ein Leben lang nach. Eckzähne fehlen bei Nagern völlig. Zwischen Backenzähnen und Schneidezähnen klafft eine Lücke. Nagetiere ernähren sich überwiegend von Pflanzenteilen wie Wurzeln, Früchten und Rinden, aber auch Kleintieren. Bei Einbruch des Winters ziehen sich viele Nager in Höhlen zurück.

Von ihren Sinnesorganen sind vor allem Geruchs- und Gehörsinn stark ausgeprägt. Die Fortpflanzungsrate bei Nagern liegt ziemlich hoch. Meistens ist die Tragzeit sehr kurz. Sie werden zwischen 1,5 und 18 Jahre alt.

Einige Nager dienen uns als Pelzlieferant (Chinchilla, Nutria und Bisam), andere werden für die Forschung eingesetzt. Viele können Schädlinge und Überträger von Krankheiten sein.

Relativ eng verwandt mit den Nagetieren sind die Hasentiere mit etwa 60 Arten weltweit. Ursprünglich nicht in Australien, auf Madagskar und in Neuseeland beheimatet, trug der Mensch zu ihrer dortigen Verbreitung bei. Im Gegensatz zu den Nagetieren besitzen Hasentiere zwei Paar Schneidezähne in ihrem Oberkiefer. Daher nennt man sie auch Doppelzähner. Dieser Tatsache ist es zuzuschreiben, dass Hasentiere getrennt von Nagetieren in eine eigene Ordnung gestellt wurden.

Familie Mäuse

Die Familie der Mäuse ist mit 460 Arten in über 100 Gattungen die am weitesten verbreitete Art unter den Nagetieren. Die meisten Arten sind in den tropischen Ländern beheimatet (Südostasien, Australien, Afrika). In gemäßigten Breiten sind nur vier Gattungen zu Hause, zu denen die Ratten, die Waldmäuse, die Hausmäuse und die Zwergmäuse gehören.

Mäuse leben überwiegend auf dem Dachboden, in Gärten und Feldern. Ratten halten sich häufig in Kellern, in Kanalisationen und auf Mülldeponien auf. Die Nahrung der Mausangehörigen ist meist pflanzlich. Vor allem nachts beginnen die Tiere, aktiv zu werden. Dann knabbern sie an allerlei Essbarem herum. Hausmäuse richten dadurch große Schäden an Nahrungsmitteln an.

Feldmaus
Verbreitung: **Nordeuropa bis Zentralasien**
Lebensraum: **Felder und Waldränder**

Als die fruchtbarsten Säugetiere der Welt werden alle paar Wochen eine große Anzahl an Jungen geworfen, die selbst ziemlich schnell geschlechtsreif werden. Die Fruchtbarkeit der Mäuse findet sich schon in der Bibel verbrieft: So galten große Mäuseplagen als Strafe Gottes.

Hausmaus

Verbreitung: **Weltweit**
Lebensraum: **Offenes Gelände in Menschennähe**

Hausmaus

Überall dort, wo Menschen wohnen, ist auch die Hausmaus anzutreffen. Mit ihrem grauen Fell und ihren nackten Öhrchen sieht sie recht possierlich aus. Die Schnauze läuft ziemlich spitz zu. Im Bereich der Oberlippe befinden sich Tasthaare. Der lange mit Hornschüppchen besetzte Schwanz unterscheidet sie übrigens von der Feldmaus, deren Schwanz viel kürzer ist. Sie wird bis zu 24 cm lang (inklusive Schwanz).

Trotz ihres eigentlich niedlichen Aussehens versetzt sie vielen Menschen kurzzeitig einen Schrecken, wenn sie z. B. plötzlich durch die Küche schießt. Hausmäuse bewohnen alle Bereiche der Wohnung und der Nebengebäude. Jedes Eckchen und jede Ritze nutzen sie als Unterschlupf. Von diesem Versteck aus unternehmen sie ihre Streifzüge und werden vor allem nachts aktiv. Dann hört man gelegentlich tippelnde Geräusche vom Dachboden oder Knistern von Papier, wenn sie gerade etwas fressen. Als Nacht- bzw. Dämmerungstier hat die Hausmaus gute Augen und einen ausgeprägten Gehörsinn.

Ihr Geruchssinn hilft ihr bei der Nahrungssuche. Dabei nagt die Hausmaus sich durch Fußböden und Türen, um an die Vor-räte des Menschen heranzukommen. Sie frisst alles, was genießbar ist. Bevorzugt sind natürlich Süßspeisen, Käse, Früchte usw. Wittert sie diese, macht es ihr auch nichts aus, jede Nacht aufs Neue an einer Tür zu knabbern, bis sie diese schließlich durchgenagt hat. Besonders leckere Dinge schleppt sie in ihr Versteck und legt sich dort einen Vorrat an.

Hausmäuse sind geschickte Kletterer. Dabei helfen scharfe Krallen an den vier zierlichen Füßen sowie der lange Schwanz. Blitzschnell rennt sie über den Boden dahin, nicht ohne vorher zu allen Seiten geäugt zu haben, ob Gefahr droht. Dann duckt sie sich wieder, um weiterzuspringen oder ins Versteck zurückzulaufen.

Schwimmen kann die Maus auch. Allerdings begibt sie sich nur im äußersten Notfall ins Wasser.

Die Mäuse vermehren sich außerordentlich stark. Fünf- bis sechsmal pro Jahr bringen sie 22–24 Tage nach der Paarung 4–8 Junge zur Welt. Die winzigen Jungen liegen zunächst in einem Nest, das aus Papier, Wäsche oder ähnlichem gebaut wird. Sie wachsen schnell heran. Jede Mäusefamilie hat ein eigenes Revier. Fremde Eindringlinge werden vertrieben oder getötet. Sie können am Geruch sofort erkannt werden.

Der schlimmste Feind der Hausmaus ist die Katze. In alten Gebäuden helfen auch Eulen beim Mäusefang, in ländlichen Gebieten ebenso Iltis und Igel. Der Mensch versucht, Mäuse mit Fallen oder Gift zu bekämpfen. Verwandte der Hausmaus sind die Feld-, Wald- und die Zwergmaus.

Ratten

Ratten sind insgesamt größer als Mäuse. Sie werden über 30 cm lang und unterscheiden sich in ihrer Lebensweise von ihnen.

Die **Hausratte** ist schon seit langer Zeit in Europa heimisch. Erstmals wurde sie im 12. Jahrhundert namentlich erwähnt. Ihr Ursprung liegt in Asien. Hausratten werden 20 cm lang, ihr Schwanz erreicht ebenfalls diese Länge. Der Pelz ist schwärzlich, am Bauch etwas heller gefärbt.

Wanderratte

Verbreitung: **Weltweit**
Lebensraum: **In Menschennähe**

Bis zum 18. Jahrhundert hatte die Hausratte in Europa die Alleinherrschaft, dann drang jedoch die **Wanderratte** hier ein. Seitdem überwiegt die Zahl dieser Tiere, die noch ein wenig größer sind. Vermutlich stammen sie aus Mittelasien. Von dort sollen sie nach einem Erdbeben im Jahre 1727 in großer Zahl eingewandert sein. Kurz darauf kamen sie auf dem Schiffswege aus Ostindien nach England und verbreiteten sich überall sehr stark. Wanderratten haben ein grau-braunes bis gelb-braunes Fell im oberen Teil von Körper und Schwanz, der untere Teil ist grau-weiß gefärbt. Während Hausratten eher auf Kornböden, Scheunen oder Dachkammern zu finden sind, leben Wanderratten bevorzugt in der Kanalisation, in feuchten Kellergewölben, an Flussufern, auf Mülldeponien usw.

Wanderratten leben in Rudeln. Sie gelten als Überträger von Seuchen. Sie fressen alles nur eben Genießbare. Besonders lieben sie faulendes Aas. Aber auch Körner und Rinde werden nicht verschmäht. Was sie nicht fressen können, wird trotzdem zerkleinert und zernagt.

Ratten sind gute Schwimmer. Daher gelangen sie auch mühelos auf Schiffe, was für ihre starke Verbreitung von Bedeutung ist. Wanderratten können auch hervorragend tauchen. Es ist sogar schon vorgekommen, dass Ratten Entenküken, die auf dem Wasser schwammen, von unten schnappten und fraßen. Die Kletterfähigkeit der Ratten ist ebenfalls großartig. Selbst fast glatte Wände sind kein unüberwindbares Hindernis für sie. Wanderratten sind fruchtbarer als Goldhamster. Alle 45 Tage werden pro Paar etwa 20 Junge geboren. Diese sind bereits nach 10–12 Wochen selbst geschlechtsreif.

Riesennager

Wasserschwein

Verbreitung: **Panama bis Ostargentinien**
Lebensraum: **Wald, in Wassernähe**

Die Familie der Riesennager besteht nur aus einer Art, dem Wasserschwein (Capybara). Es ist das Größte der heute lebenden Nagetiere. Bei einer Körperlänge von einem Meter wird es etwa 50 kg schwer und wirkt sehr plump. Mit seiner Gestalt und seiner borstigen Körperbehaarung erinnert es wirklich an unsere Hausschweine.

Man findet das Wasserschwein in wassernahen Wäldern und Sümpfen von Südamerika. Dort verbringt es den größten Teil des Tages im Wasser. Es kann gut schwimmen und tauchen. Zwischen seinen Zehen befinden sich kleine Schwimmhäute. Es ernährt sich von Land- und Wasserpflanzen. Dadurch nutzen sich die Backenzähne stark ab, sie wachsen jedoch ein Leben lang weiter und gleichen so den starken Verschleiß wieder aus.

Wasserschweine sind vor allem am frühen Morgen und in den Abendstunden aktiv. Fühlen sich die Tiere gestört, gehen sie nur noch nachts auf Futtersuche.

Weibchen und Männchen haben etwa die gleiche Größe und das gleiche Aussehen. Das Männchen hat eine größere Duftdrüse auf der Nase als das Weibchen. Am liebsten sind Wasserschweine in Gesellschaft mit anderen. Nach einer Paarung im Frühling bringt das Wasserschweinweibchen nach einer Tragzeit von 16–18 Wochen zwei gut entwickelte Junge zur Welt.

Hörnchen

Erdhörnchen
Verbreitung:
Nordamerika, Asien und Afrika
Lebensraum:
Gras- und Buschland

Hörnchen sind Nagetiere, die bis auf Australien die ganze Erde bewohnen. Das griechische Wort für Hörnchen (Sciurus) bedeutet „der mit dem Schwanze sich Schattende". Die Familie der Hörnchen umfasst etwa 380 Arten. Diese unterscheidet man nach Erdhörnchen, Baumhörnchen und Flughörnchen.

Erdhörnchen haben meist ein eichhörnchen- oder hamsterähnliches Aussehen. Es sind gesellige Tiere, die in großen Gruppen zusammenleben. Zu den vielfältigen Arten gehören die viel größeren Murmeltiere. Sie haben einen gedrungenen Körperbau und kommen in verschiedenen Arten in Nordamerika, in Asien, den Karpaten und den Alpen vor. Ebenfalls zu den Erdhörnchen zählen die Präriehunde in Nordamerika, die dort in riesigen Kolonien leben.

Mit über 200 Arten ist das **Baumhörnchen** in weiten Teilen Asiens, in Europa, in Afrika und in Nord- und Südamerika vertreten. Diese Tiere sind geschickte Kletterer. Als Baumbewohner leben sie in Baumhöhlen oder bauen sich ihre Nester aus Moosen und kleinen Zweigen. In kälteren und gemäßigten Zonen legen sie sich große Vorräte aus Nüssen, Zapfen usw. für die kalte Jahreszeit an.

Den Winter verschlafen die Tiere zum großen Teil. Nur manchmal wachen sie auf, um von ihren Vorräten zu zehren. Ein typisches Baumhörnchen ist unser Eichhörnchen.

Das **Flughörnchen** kommt in Asien, Nordamerika, Skandinavien und Sibirien vor. Die Besonderheit der Flughörnchen ist ihre Flughaut, die sich beim Flug zwischen Vorder- und Hinterpfoten ausspannt.

Eichhörnchen

Das Eichhörnchen, auch Eichkätzchen genannt, gehört als Hörnchen zur großen Gruppe der Nagetiere. Dieses Baumhörnchen lebt in Europa und in weiten Teilen Asiens. Das etwa 20–24 cm lange Tier hat eine große Schnauze und große Augen, mit denen es sogar Farben unterscheiden kann. Das Fell ist braun und weich, der 15–20 cm lange Schwanz sehr buschig. Es ist ein lebhaftes Geschöpf, das blitzschnell auf Bäumen herumklettert. Seine Hauptnahrung besteht aus Tannenzapfen, Pilzen, Nüssen und Früchten. Die Nester der Eichhörnchen sind aus Zweigen und Moos gebaut und befinden sich in Baumhöhlen. Hierher schleppt das Eichhörnchen den Sommer über Vorräte, denn im Winter hält es dort seinen Winterschlaf. Es wacht zwischendurch auf und macht sich dann über die Vorräte her. Die Jungen werden ebenfalls in Baumnestern geboren. Je nach Klima können innerhalb eines Jahres zwei Würfe mit jeweils etwa drei Jungen aufgezogen werden.

Neben unserem Eichhörnchen wurde zu Anfang dieses Jahrhunderts das Grauhörnchen von Nordamerika nach England eingeführt. Bis dahin war das Eichhörnchen die einzige europäische Art von Hörnchen.

Eichhörnchen (Skelett)

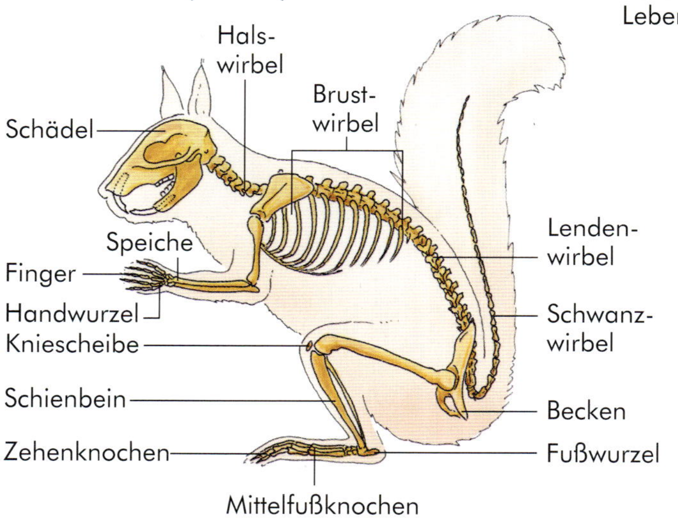

Verbreitung: **Immergrüne Wälde**
Lebensraum: **Europa, Nordasien**

Eichhörnchen (Anatomie

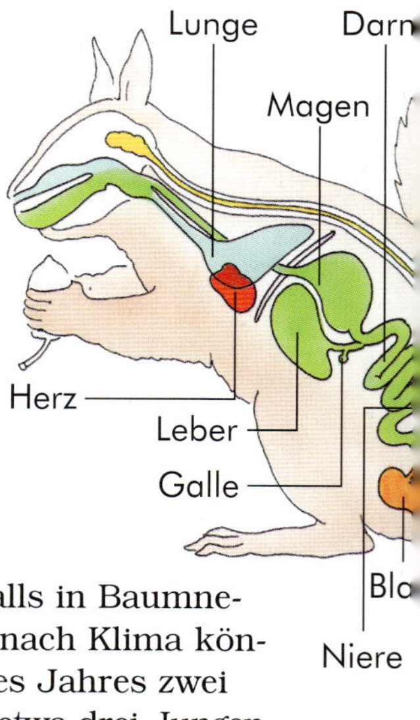

Murmeltier

Wie alle Murmeltiere hat auch das Alpenmurmeltier einen gedrungenen Körper. Es wird etwa 65 cm lang und 18 cm hoch. Das Fell ist sehr dicht und besteht aus kürzerem Wollhaar und längerem Grannenhaar.

Das Gewicht der Murmeltiere schwankt je nach Jahreszeit. Im Herbst fressen sie sich einen Vorrat für die Zeit des Winterschlafes an. Sie können kurz vorher bis zu 5,5 kg wiegen und magern bis zum Frühjahr auf bis zu 2 kg ab. Die Berge von alten Pflanzen, die sie zuvor in den Bau schleppen, dienen der Auspolsterung und Wärmeisolierung. Bricht der Winter herein, kuscheln sich die Tiere aneinander und fallen in eine Starre. Reichen die Fettreserven nicht aus, sterben viele, vor allem Jungtiere. Im Frühjahr müssen sie oft weite Strecken zurücklegen, um wieder erste Gräser zu finden.

Murmeltier
Verbreitung: **Nordamerika, Asien, Karpaten und Alpen**
Lebensraum: **Erdhöhlen**

Das Alpenmurmeltier liebt die Sonne und gräbt sich Höhlen, weshalb es zu den Erdhörnchen zählt. Ein Teil der Erdhöhlen ist klein, einfach und nur für den Sommer bestimmt. Andere liegen tiefer und sind für den langen Winterschlaf vorgesehen. Diese größeren Kessel sind mit Heu und Gras gepolstert und bieten Unterschlupf für ganze Familien. Sie enthalten neben den Wohnkammern auch kleine Kotkammern.

Zum Graben lockern die Tiere den Sand mit einer Vorderpfote. Hat sich ein Häufchen angesammelt, wird es mit den Hinterpfoten aus der Höhle herausgeschoben. Größere Steine werden mit den Zähnen losgebrochen. Zwischendurch verlässt das Murmeltier immer wieder die Höhle, um sein Fell durch Schütteln von der losen Erde zu befreien.

Gegen Anbruch des Morgens schauen Murmeltiere vorsichtig aus ihren Höhlen, wagen sich ein Stück heraus und beginnen sogleich Gras und Kräuter zu fressen. Mit ihren scharfen Zähnen beißen sie die Pflanzenteile ab, die sie auf den Hinterbeinen stehend mit den Vorderpfoten festhalten. Wasser wird nur selten, dann aber in großen Mengen getrunken. Hören sie ein Geräusch, geben sie einen tiefen und lauten Pfeifton von sich, um alle anderen zu warnen. Blitzschnell verschwinden dann alle in ihren Höhlen.

Zur Paarungszeit im Frühling polstert das Weibchen mit Gräsern eine Ecke in seinem Bau aus. Dort bleibt es, bis nach etwa fünf Wochen bis zu sieben Junge geboren werden. Sie sind zunächst blind und nackt, aber schon nach wenigen Tagen wächst ihnen ein erstes, sehr dunkles Fell. Nach etwa 40 Tagen verlassen sie erstmals den Bau und machen sich gleich auf die Nahrungssuche. Am Ende des Sommers haben sie die Fellfarbe ihrer Eltern angenommen. Ihre endgültige Größe erreichen sie erst im zweiten Jahr.

Präriehund

Der Präriehund aus der Familie der Nagetiere lebt in Nordamerika. Er ist viel kleiner als unsere Murmeltiere. Seinen Namen erhielt der Präriehund nicht wegen irgendeiner Ähnlichkeit zu Hunden, sondern weil die alten Pelzjäger ihm einen Namen nach seiner kläffenden Stimme, die in Gefahrsituationen zu hören ist, gaben.

Präriehunde leben in riesigen Gesellschaften von Hunderten, ja sogar Tausenden zusammen.

Diese Tiere haben einen gedrungenen Körper und einen großen Kopf. Der Schwanz ist kurz und buschig behaart. Der Rücken hat eine Färbung aus rotbraun, grau und schwarz, die Unterseite ist grauweiß. Präriehunde werden etwa 40 cm lang (7 cm Schwanz). Sie wohnen in unterirdischen Höhlen. Die Wohnungen der einzelnen Familien sind durch zahlreiche Gangsysteme miteinander verbunden.

Präriehunde ernähren sich nur von einer bestimmten Art Gras und deren Wurzeln. Wegen ihrer wahnsinnigen Verbreitung hat man Präriehunde geschossen, vergiftet und ihnen Fallen gestellt. Ihre Zahl ist in den letzten Jahren zurückgegangen, aber auch heute noch gibt es Kolonien mit mehreren Tausend Bewohnern.

Präriehund
Verbreitung: **Nordamerika**
Lebensraum: **Grasland und unterirdische Höhlen**

Biber

Biber

Verbreitung: **Nordamerika, Europa, Asien**
Lebensraum: **Flüsse, Seen mit bewachsenen Ufern**

Biber leben in großen Teilen Europas, Nordamerikas und Kanadas. Die bis zu einem Meter langen und 30 kg schweren Tiere sind hervorragend an das Leben im Wasser angepasst.

Mit den Vorderbeinen, die in Greifpfoten enden, fassen Biber einzelne Gegenstände. Die langen Zehen der Hinterbeine sind mit Schwimmhäuten verbunden. Der breite, platte und bis zu 30 cm lange Schwanz dient im Wasser als Ruder und gibt an Land beim Stehen zusätzlichen Halt.

Mit seinem kräftigem Gebiss fällt er weichhölzige Pappeln, Weiden und Eschen. Buchen, Eichen und Nadelhölzer bleiben jedoch unberührt. Die ufernahen und stromaufwärts gelegenen Bäume werden so angenagt, dass sie ins Wasser fallen und zur Biberburg und dem Damm getrieben werden. Notfalls werden auch weiter entfernte Gehölze gefällt und über selbst gegrabene Wasserkanälchen weitergeleitet.

Die Nahrung der Biber besteht vor allem aus Wasserpflanzen und Baumrinde. Das Holz des Dammes rührt er jedoch nicht an.

Die aus Bäumen und Ästen zusammengefügte und mit Steinen, Pflanzenteilen und Schlamm abgedichtete Biberburg besitzt einen Notausgang nach oben und mehrere Eingänge unter der Wasseroberfläche. Innerhalb der Biberburg existiert eine Plattform oberhalb des Wasserspiegels.

Nach der Paarung zwischen Januar und März und einer Tragzeit von etwa 105 Tagen werden zwei bis vier Junge geboren. Biber können 10–15 Jahre alt werden. Ende des 19. Jahrhunderts sank der Bestand auf Grund intensiver Bejagung so stark, dass man die Tiere unter Schutz stellte. Inzwischen hat sich der Biber verbreitungs- und zahlenmäßig wieder erholt.

Stachelschwein

Stachelschwein

Verbreitung:
Afrika, Asien, Europa
Lebensraum:
Wald, Savanne

Die Stachelschweine gehören zu den Nagetieren und nicht, wie man aus ihrem Namen schließen könnte, zu den Schweinen. Sie kommen mit vier Gattungen in den wärmeren Gebieten Afrikas, Asiens und Europas vor. Zu den eigentlichen Stachelschweinen gehört das **Afrikanische Stachelschwein**, das etwa die Größe eines Dachses hat. Das Nordafrikanische Stachelschwein lebt im nördlichen Afrika (außer der Sahara), aber auch auf Sizilien und im Süden Italiens. Dort soll es schon zur Zeit der Römer eingeführt worden sein. Das Südafrikanische Stachelschwein findet man in Wald und Savanne Afrikas vom Senegal bis nach Südafrika.

Der Körper des Stachelschweines ist mit Haaren bedeckt, die zu spitzen Stacheln und Borsten umgewandelt sind. Sie befinden sich vor allem auf dem Hinterteil des Tieres, sind schwarzweiß gefärbt und können bis zu 30 cm lang werden. Darunter liegen zusätzlich kürzere Schwanzstacheln. Früher wurden diese Stacheln von Eingeborenen als Pfeile benutzt. Bei Bedrohung werden die Stacheln aufgerichtet. Nun dreht sich das Stachelschwein mit seinem Hinterteil in Richtung Angreifer und wehrt diesen damit ab. Kommt es zum Kontakt zwischen den beiden, dringen die Stacheln tief in den Körper des Feindes ein. Dabei lösen sie sich, denn sie sitzen nur locker und setzen sich mit ihren zahlreichen kleinen Widerhaken im Opfer fest. Zusätzliches Warnsignal sind die Stachelenden am Schwanz. Sie sind hohl und lassen ein rasselndes Geräusch erklingen.

Das Stachelschwein hat neben dem Menschen (wird als Nahrung gejagt) aber nur wenige Feinde, denn die wenigsten Tiere lassen sich auf ein Gefecht mit ihm ein. Ab und zu versucht ein ausgehungerter Löwe oder Puma, es zu erbeuten.

Im Allgemeinen ist das Stachelschwein ein sehr scheuer Einzelgänger, der in Felsspalten oder selbst gebauten Erdhöhlen lebt. Dort hält es sich tagsüber auf. Erst nachts wird es aktiv und macht sich auf die Suche nach Nahrung. Seine Sehkraft ist nicht besonders ausgeprägt, stattdessen hilft ihm sein besonders guter Geruchssinn, Wurzeln, Knollen und Früchte zu finden. Mit seinem hervorragenden Gehör kann das Stachelschwein sogar das Herabfallen des reifen Obstes hören. Beim Fressen wird die Nahrung mit den Vorderpfoten gehalten. Zum Nagen und Knabbern liegen häufig Zweige und Knochenteile in seinem Bau. Damit werden die Zähne, die bei Nagern ständig wachsen, in der richtigen Länge gehalten. Fleisch frisst das Stachelschwein nicht.

Die Fortpflanzung der Afrikanischen Stachelschweine erfolgt zwei- bis dreimal im Jahr, obwohl die Weibchen etwa alle fünf Wochen zur Paarung bereit sind. Kommt es dazu, drückt sich das Weibchen flach auf den Boden und legt die Stacheln dicht an den Körper. So verhindert es eine Verletzung des Partners. Die Trächtigkeitsdauer beträgt nun etwa 100 Tage. Danach werden zwei oder drei Junge mit bereits offenen Augen geboren. Sie haben einen borstigen Pelz, aber noch weiche Stacheln. Die Stacheln erhärten sich innerhalb der nächsten Stunden. Seitlich des Körpers, damit es nicht zu Verletzungen kommt, befinden sich Zitzen, an denen die Kleinen in den folgenden Wochen säugen können. Nach kurzer Zeit nehmen sie zwischendurch auch schon feste Nahrung zu sich. Die Betreuung der Jungen ist sehr intensiv und liebevoll.

Neben der Gattung der eigentlichen Stachelschweine gibt es die **Quastenstachler**, die **Inselstachelschweine** und die **Pinselstachler**. Sie unterscheiden sich vor allem durch die Art ihrer Stacheln voneinander.

Kaninchen und Hasen

Während unser Feldhase überwiegend auf den Feldern lebt, bevorzugt das wesentlich kleinere Wildkaninchen Gebiete mit kleinen Felsen oder Gebüschen, wo es sich jederzeit verstecken kann. In einem Bau, der aus tief liegenden Gängen besteht, lebt jeweils nur ein Kaninchenpaar, das sich dort tagsüber meist aufhält. In der Dämmerung verlässt es den Bau und geht in Ruhe, aber immer mit Vorsicht der Nahrungssuche nach.

Wildkaninchen (Skelett)

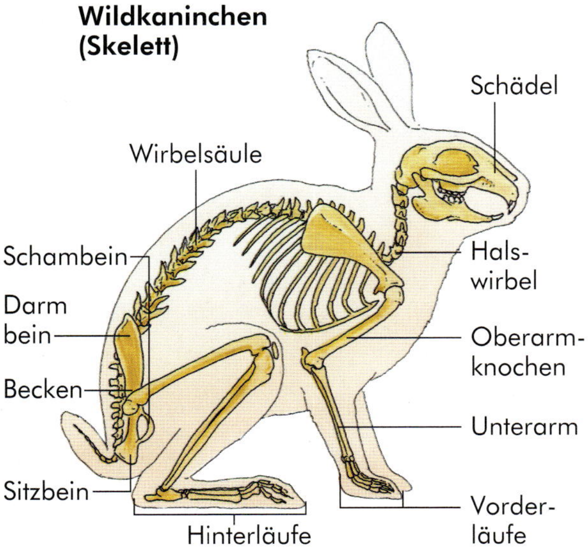

Wildkaninchen, männlich **(Anatomie)**

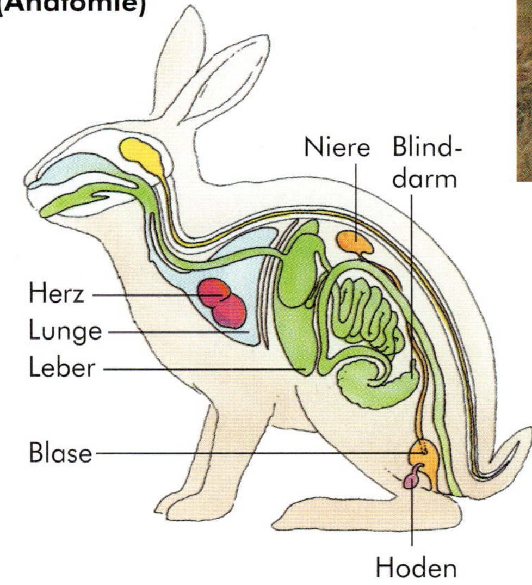

Feldhase
Verbreitung:
Europa und Asien
Lebensraum:
Wiesen und Felder

Den Feldhasen kennzeichnen lange und kräftige Hinterläufe und lange schmale Ohrmuscheln. Sein Fell besteht aus langen Grannenhaaren, die vor Nässe und Kälte schützen, und einer warmen Unterwolle, die im Winter besonders dick ist.

Wildkaninchen
Verbreitung:
Europa und Asien
Lebensraum:
Wiesen und Felder

Wildkaninchen können vom Frühjahr bis zum Herbst etwa alle fünf Wochen vier bis zwölf Junge gebären. Diese werden in einer mit Bauchwolle gepolsterten Kammer des Baues abgelegt. Sie sind in den ersten Tagen noch blind. Bis zum nächsten Wurf säugt die Kaninchenmutter ihre Jungen und lässt sie selten allein.

Wegen ihrer Vorliebe zu Baumrinde zerstören Kaninchen häufig ganze Gebiete von Anpflanzungen.

Unsere Hauskaninchen sind Abkömmlinge der Wildkaninchen. Besondere Züchtungen wie **Angora-** oder **Seidenkaninchen** haben ein besonders weiches und samtiges Fell, das für feine Gewebe verwendet wird.

KAPITEL 6

Ursprüngliche Säuger

Die Beuteltiere zählen zu den ursprünglichsten der Säugetiere. Ihre Jungen kommen zwar bereits lebend zur Welt, sind aber noch derart unselbstständig, dass sie sich einige Wochen im mütterlichen Beutel weiterentwickeln müssen, bevor sie mit der Erkundung der Welt beginnen können.

Die meisten Beuteltiere leben heute in Australien. Ursprünglich gab es sie auf der ganzen Welt, sie wurden dann aber von den moderneren Säugern verdrängt. Nur in Südamerika, das als Ursprung der Beuteltiere gilt, und in Australien, wo es lange keine Säuger gab, konnten sie sich halten.

Urtümlich sind auch die Zahnarmen. Ihre Name ist insofern irreführend, als die meisten sehr viele Zähne besitzen, die jedoch oft schmelz- und wurzellos sind. Auch ihr Knochenbau unterscheidet sich teilweise von den übrigen Säugern.

Ähnlich wie die Gürteltiere, die zu den Zahnlosen zählen, sehen auch die Schuppentiere aus. Sie besitzen ebenfalls statt eines Haarkleides Schuppen zum Schutz ihrer Haut. Zähne wird man im Maul dieser Tiere vergeblich suchen, dafür kann einem die lange, schmale Zunge entgegenschnellen, mit der sich die Tiere ihre Nahrung angeln.

Beuteltiere

Beuteltiere sind mit 250 Arten in einer großen Formenvielfalt vorhanden. Jedoch haben sie ein Merkmal gemeinsam: ihren Beutel.

Im Gegensatz zu den höher entwickelten Säugern, die man auch als Plazentatiere bezeichnet, bringen Beuteltiere ihre Jungen schon recht bald nach der Paarung in einem frühen Entwicklungsstadium zur Welt. Die winzigen Jungen sind nicht nur nackt, blind und taub, sondern haben darüber hinaus auch unfertige Gliedmaßen.

Nun werden die Embryos in einem Hautbeutel oder einer Hautfalte des Weibchens aufgenommen. Meist bewegen sie sich selbst dorthin. Die Hauttasche, überwiegend nach vorn geöffnet, wird gewöhnlich von zwei besonderen Beutelknochen, die auf den Schambeinen sitzen, gehalten.

Känguru
Verbreitung: **Australien, Neuguinea und Tasmanien**
Lebensraum:
Wald-, Busch- und felsige Gebiete

Vor der Geburt leckt die Mutter den Beutel von innen und außen ab. Bevor die Jungen des Kängurus so groß sind, dass sie den Beutel verlassen können, haben sie sich bereits einige Wochen in seinem Schutz entwickelt. Bei der Geburt selbst kriechen die kleinen Jungen auf Vorderpfoten aus der Genitalöffnung des Muttertieres in den Beutel, um dort eine der Zitzen zur Nahrungsaufnahme zu nutzen. Die Zitzen wachsen dann mit dem Wachstum des Jungen mit.

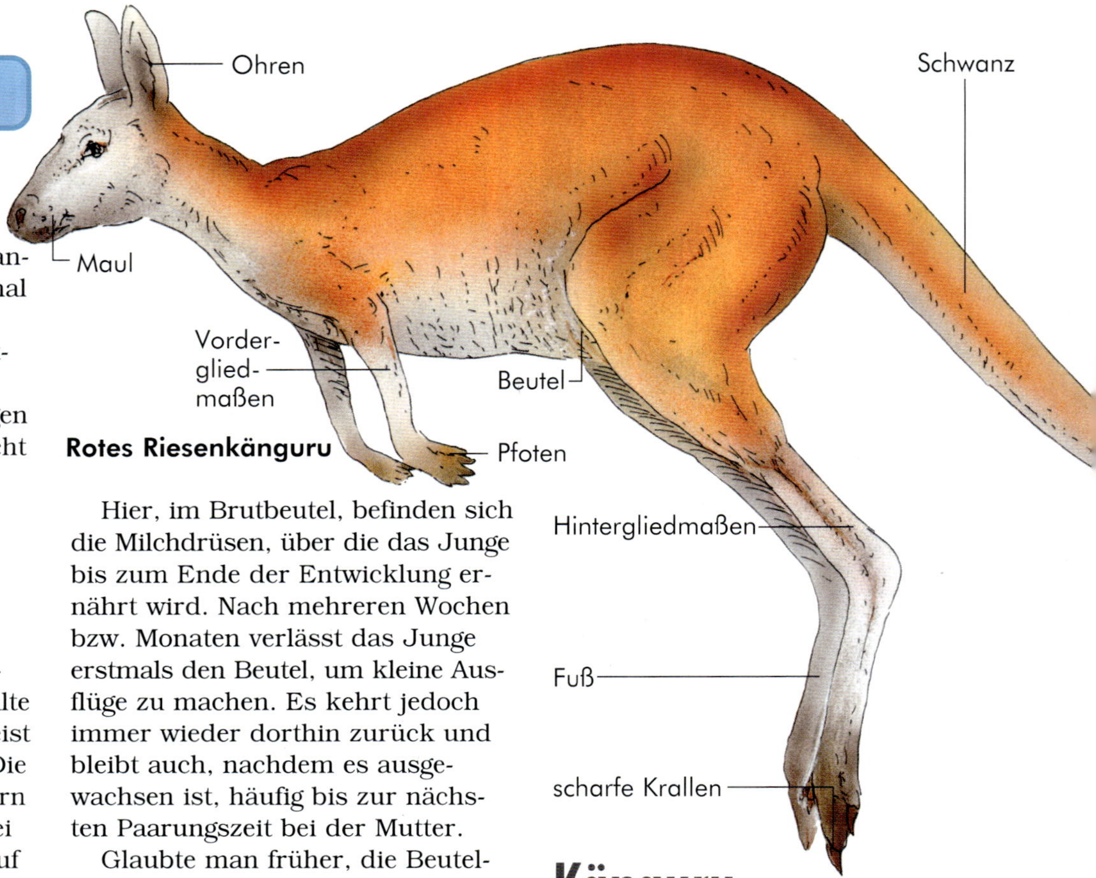

Rotes Riesenkänguru

Hier, im Brutbeutel, befinden sich die Milchdrüsen, über die das Junge bis zum Ende der Entwicklung ernährt wird. Nach mehreren Wochen bzw. Monaten verlässt das Junge erstmals den Beutel, um kleine Ausflüge zu machen. Es kehrt jedoch immer wieder dorthin zurück und bleibt auch, nachdem es ausgewachsen ist, häufig bis zur nächsten Paarungszeit bei der Mutter.

Glaubte man früher, die Beuteltiere stammten ursprünglich aus Australien, sind Forscher heute der Auffassung, ihr Ursprung liege in Amerika. Hier wurden versteinerte Funde von Beutelratten aus der frühen Kreidezeit vor 130 Mio. Jahren gemacht. Dieses war etwa gleichzeitig mit den ersten höher entwickelten Säugetieren. Weil damals Südamerika und Australien eine Landmasse waren, konnten die Beuteltiere nach Australien überwechseln. Auch in Europa waren die Beuteltiere vor vielen Millionen Jahren vertreten. Sie wurden jedoch von den höher entwickelten Säugetieren verdrängt.

Heute kommen Beuteltiere nur noch in Südamerika (30 Arten) und in Australien (230 Arten) vor. Man teilt sie in neun Familien ein, die je nach Zugehörigkeit zwischen zehn Zentimeter und zwei Meter lang werden.

Bekannte Angehörige der Beuteltiere sind der Koala, das Känguru, das Opossum und der Wombat.

Känguru

Die Familie der Kängurus, die aus 57 Arten besteht, gilt als die am höchsten entwickelte unter den Beuteltierfamilien. Sie sind die bekanntesten Tiere Australiens.

Außerdem findet man sie in Neuguinea, auf Tasmanien und den Bismarckinseln. Einige Arten sind Waldbewohner, andere leben in trockenen felsigen Gebieten.

Am auffälligsten ist die Fortbewegungsart der Kängurus. Sie bewegen sich in großen Sätzen auf zwei Beinen mit langen Hinterpfoten. Der Schwanz, der lang und kräftig ist, sorgt für eine gewisse Standfestigkeit und Stütze beim Aufkommen auf dem Boden.

Die Vorderfüße, die weniger kräftig sind, haben lange, gebogene Krallen. Sie sind wichtig für die Körperpflege der Tiere.

Kängurus können mit ihren federnden Sprüngen Geschwindigkeiten von bis zu 25 km/h erreichen. In Gefahr sind sie für kurze Zeit sogar doppelt so schnell.

Rotes Riesenkänguru (Skelett)

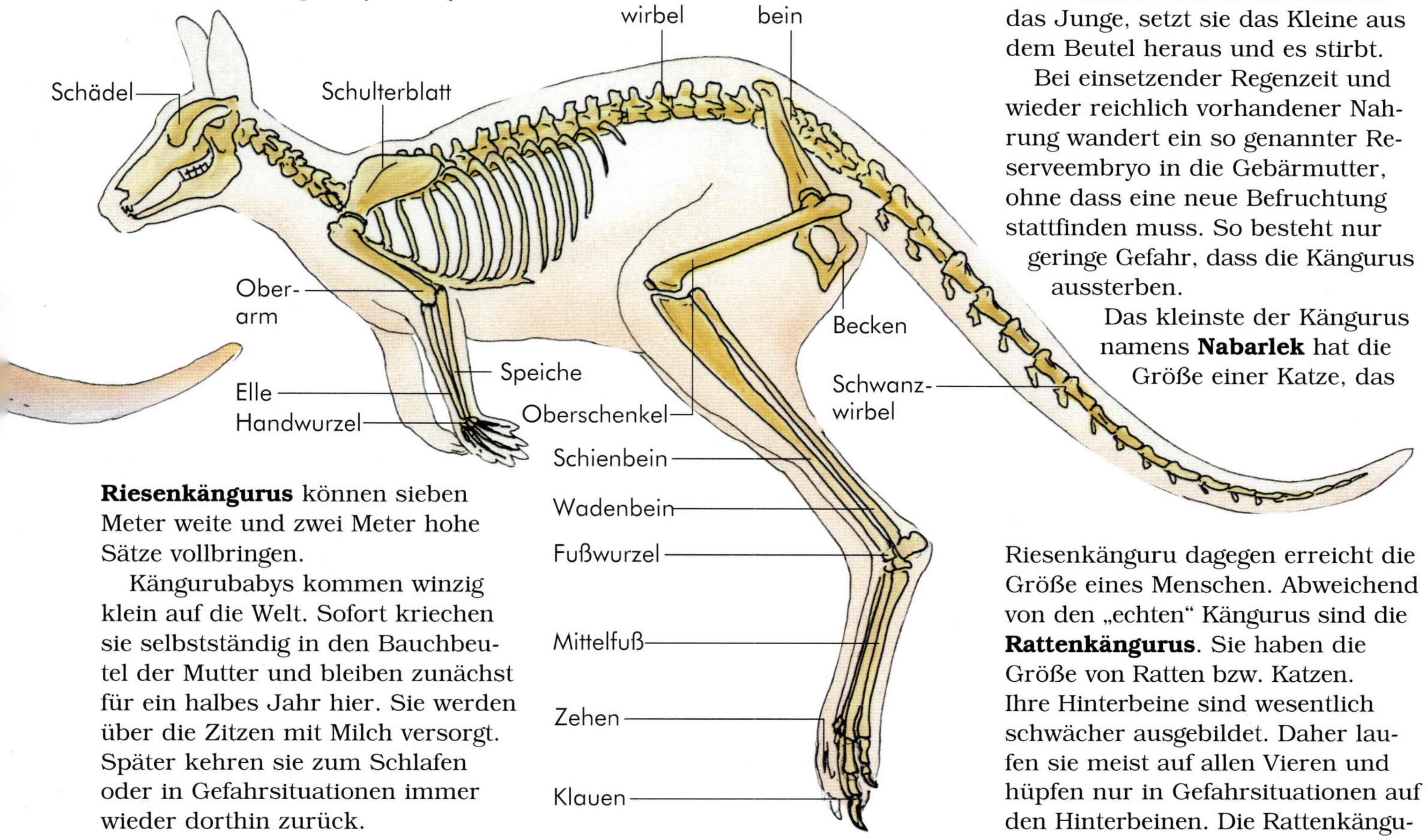

Riesenkängurus können sieben Meter weite und zwei Meter hohe Sätze vollbringen.

Kängurubabys kommen winzig klein auf die Welt. Sofort kriechen sie selbstständig in den Bauchbeutel der Mutter und bleiben zunächst für ein halbes Jahr hier. Sie werden über die Zitzen mit Milch versorgt. Später kehren sie zum Schlafen oder in Gefahrsituationen immer wieder dorthin zurück.

Hat die Mutter bei andauernder Trockenheit keine Milch mehr für das Junge, setzt sie das Kleine aus dem Beutel heraus und es stirbt.

Bei einsetzender Regenzeit und wieder reichlich vorhandener Nahrung wandert ein so genannter Reserveembryo in die Gebärmutter, ohne dass eine neue Befruchtung stattfinden muss. So besteht nur geringe Gefahr, dass die Kängurus aussterben.

Das kleinste der Kängurus namens **Nabarlek** hat die Größe einer Katze, das Riesenkänguru dagegen erreicht die Größe eines Menschen. Abweichend von den „echten" Kängurus sind die **Rattenkängurus**. Sie haben die Größe von Ratten bzw. Katzen. Ihre Hinterbeine sind wesentlich schwächer ausgebildet. Daher laufen sie meist auf allen Vieren und hüpfen nur in Gefahrsituationen auf den Hinterbeinen. Die Rattenkängurus gehören zu den stark bedrohten Arten.

Oposum Verbreitung: **Nordamerika**
Lebensraum: **Im Dickicht der Gebirgswälder**

Opossum

Das Virginische Nordopossum ist eine Beutelratte aus der Ordnung der Beuteltiere. Es lebt im Südosten Kanadas, in Nicaragua sowie den USA und ist die größte Beutelratte.

Das Tier wird bis zu 50 cm lang und hat einen langen, dicken Schwanz. Dieser ist nur an der Wurzel behaart, ansonsten nackt. Man findet das Opossum in den Bäumen, wo es flink umherklettern kann. Dabei hilft ihm vor allem der abgespreizte Daumen, mit dem es Halt an den Ästen hat und diese umfassen kann. Auch der Rollschwanz unterstützt bei den Klettertouren. An ihm kann sich das Tier sogar kopfüber aufhängen und stundenlang in dieser Haltung bleiben.

Das Opossum frisst alles, was es findet. Vor allem sucht es auf Müllhalden und Abfällen nach Nahrung. Fühlt es sich von einem Luchs oder einem Hund bedroht, stellt es sich tot, bis der Feind wieder verschwunden ist.

Das Opossum bringt in Kanada einmal jährlich, in südlicheren Gebieten sogar dreimal bis zu 18 Junge zur Welt, von denen meist aber nur sechs bis acht überleben. Sie wachsen in einem Bauchbeutel der Mutter heran. Im Süden der USA wird das Opossum wegen seines Fells, aber auch wegen des Fleisches gejagt.

Koala

Eines der bekanntesten Beuteltiere ist der Koala. Er bewohnt die Bäume der trockenen Wälder von Ostaustralien. Auf den Boden begibt er sich nur, um zum nächsten Baum zu gelangen.

Dieses teddybärähnliche Tier, das 60–80 cm lang wird, ernährt sich ausschließlich von den Blättern einiger weniger Eukalyptusbaumarten. Es ist bei uns in keinem Zoo zu finden, denn diese Bäume gedeihen hier nicht. Ein erwachsener Koala frisst am Tag bis zu ein Kilogramm Blätter.

Koalas sind überwiegend Einzelgänger, die nur zur Paarung zusammenkommen. Manche bilden auch Kleingruppen, die aus einem Männchen und wenigen Weibchen bestehen.

Nach der Paarung im Sommer wird bereits ein Monat später ein Junges geboren, selten zwei. Dieses winzige Wesen wiegt bei der Geburt nur ein halbes Gramm! Danach verbringt es 6–8 Monate in einem Bauchbeutel der Mutter, der nach hinten offen ist. Später wird das Junge auf dem Rücken getragen. Nach einer Entwöhnungsphase von der Muttermilch beginnt es, Blätter zu fressen, die von der Mutter vorverdaut werden.

Ein ausgewachsener Koala wiegt etwa 15 kg, also 30 000-mal mehr als bei seiner Geburt.

In den ersten 30 Jahren dieses Jahrhunderts wurden im Zuge der Besiedelung riesige Waldflächen für Schafszüchtungen abgebrannt. Damit war ein Teil des Lebensraumes der Koalas zerstört. Gleichzeitig tötete man die Tiere wegen ihres weichen silbergrauen Pelzes. Eine sexuell übertragbare Krankheit führte zudem zu Erblindung und Unfruchtbarkeit der Tiere. Als die Zahl innerhalb weniger Jahre auf einige tausend Tiere zurückgegangen war, halfen starke Schutzmaßnahmen, die Art zu erhalten. Allmählich nimmt die Zahl der Koalas wieder zu.

Koala Verbreitung: **Ostaustralien**
Lebensraum: **trockene Wälder**

Wombat (Nacktnasenwombat)

Verbreitung: **Australien und Tasmanien**
Lebensraum: **Graslandschaften und Wälder**

Wombats

Wombats sind kräftig gebaute Beuteltiere, die unserem Dachs etwas ähnlich sehen. Sie leben in Australien, eine Art auch in Tasmanien (Nacktnasenwombat). Hier bewohnen sie Graslandschaften und Wälder.

Ein Wombat hat lange Krallen, mit denen er verzweigte Gangsysteme unter der Erde gräbt. Dabei sucht er Knollen und Wurzeln als Nahrung, denn Wombats sind reine Pflanzenfresser. Oft werden ganze Getreideäcker geplündert. Deshalb sind Wombats bei den Viehzüchtern sehr unbeliebt und in weiten Gebieten bereits ausgerottet.

Der Nacktnasenwombat, der bis zu 1,20 m Körperlänge erreicht, gräbt bis zu 15 m lange Gänge, die eine Tiefe von 2 m haben können.

Im Herbst bringt ein Wombatweibchen ein Junges zur Welt, das sich von da an drei Monate lang in einem Bauchbeutel der Mutter aufhält und über zwei Milchzitzen versorgt wird. Auch wenn das Junge den Beutel verlassen hat, bleibt es noch mehrere Monate bei der Mutter.

Es ist nicht genau bekannt, ob Wombats sich unterirdisch zu Gruppen zusammenfinden oder reine Einzelgänger sind. Nacktnasenwombats werden älter als 20 Jahre.

Zahnarme

Zahnarme sind sehr urtümliche Säugetiere, die in Süd- und Mittelamerika vorkommen. Trotz ihres Namens sind nur wenige von ihnen zahnlos, ein großer Teil von ihnen hat bis zu 100 schmelz- und wurzellose Zähne. Gab es in früheren Zeiten in Brasilien Zahnarme, die die Größe von Nashörnern erreichten, so findet man heute nur noch Exemplare in der Größe eines Wolfes.

Zahnarme werden auch als Nebengelenktiere bezeichnet, weil sie zusätzliche Gelenke zwischen Brust- und Lendenwirbel haben. Eine Besonderheit ist die Ausbildung des Beckens. Hier sind alle sonst einzeln vorhandenen Knochen miteinander und mit den vorderen Schwanzwirbeln und dem Kreuzbein verwachsen. Zu den Zahnarmen gehören der Ameisenbär, das Gürteltier und das Faultier.

Schuppentiere sind Säugetiere, die in Asien und im tropischen Afrika beheimatet sind. Sie ähneln ein wenig den Gürteltieren, jedoch überlappen ihre Hornschuppen sich wie Dachziegel oder Tannenzapfen. Die Schuppen sind relativ groß, scharf und beweglich.

Schuppentiere sind Nachttiere. Tagsüber schlafen sie auf Bäumen oder in Höhlen, die sie auch teilweise selbst mit ihren scharfen Krallen an den Vorderbeinen in die Erde graben.

Ihre Nahrung besteht aus Termiten und Ameisen. Diese können sie mit ihrer extrem langen Zunge aus den Nestern holen, die sie zuvor mit den Vorderkrallen öffnen.

Gürteltier

Gürteltier

Verbreitung: **Süd- und Mittelamerika**
Lebensraum: **Felder, Grasland und Halbwüste**

Das Gürteltier bewohnt Süd- und Mittelamerika. Es ist ein plumpes Geschöpf aus der Familie der Zahnarmen mit einem lang gestreckten Kopf und großen Ohren. Der Schwanz ist lang und kräftig, die Beine kurz mit starken Klauen. Die gesamte Oberseite sowie der Kopf des Gürteltieres tragen einen hornartigen Panzer. Er setzt sich aus gürtelähnlichen Streifen zusammen, die über Hautfalten gelenkig miteinander verbunden sind. Diese Gürtelreihen führen zur Unterscheidung der verschiedenen Arten. Sie können aus vier- oder sechseckigen Platten bestehen, zwischen denen unregelmäßige Platten eingefügt sind.

Gürteltiere leben auf freien Ebenen und Feldern. Jedes Tier bleibt für sich allein. Zur Paarungszeit finden sich mehrere von ihnen zusammen.

Am Tage graben sich Gürteltiere meist in Erdgängen ein, die weit verzweigt sind. Eine Art lebt ganz unterirdisch.

Der Bau befindet sich meist in Nähe von Ameisenhügeln oder Termitenhaufen, denn hierin finden sie neben Spinnen und kleinen Wirbeltieren ihre Nahrung. Gürteltiere bewegen sich im Allgemeinen sehr langsam. Droht aber Gefahr, können sie sich blitzschnell in die Erde eingraben.

Die Beliebtheit dieser Tiere ist bei den Bewohnern Südamerikas nicht sehr groß. Durch ihre Gangsysteme kommt es immer wieder zu Einbrüchen des Bodens, wenn die Siedler auf dem Rücken der Pferde unterwegs sind. Das führt nicht selten zu Verletzungen von Pferd und Reiter.

Gürteltiere bringen in der Regel zwei bis vier (ausnahmsweise bis zu zwölf) eineiige Junge zur Welt. Diese können nach einer Woche laufen und nach 3–4 Wochen sehen. Im Alter von neun Monaten sind sie selbst geschlechtsreif.

Die Größe von Gürteltieren ist von Art zu Art sehr unterschiedlich. Die so genannte **Gürtelmulle**, die unterirdisch lebt und nur nachts an die Oberfläche kommt, ist etwa hamstergroß. Diese Art ist von der Ausrottung bedroht.

Das **Kugelgürteltier** wird etwa 40 cm lang und kann sich zu einer Kugel einrollen.

Das **Riesengürteltier** hat eine Körperlänge von einem Meter und eine Schwanzlänge von 60 cm. Es ist das Größte der Gürteltiere. Seine Bestände sind bedroht. Gürteltiere können zwischen 12 und 16 Jahre alt werden.

Faultier

Faultiere, die zur Ordnung der Zahnarmen gehören, sind Baumbewohner. Sie leben in den Urwäldern von Süd- und Mittelamerika. Sie werden ihrem Namen wirklich gerecht, denn den größten Teil des Tages verschlafen sie. Dabei hängen sie mit dem Rücken nach unten. Die vier Gliedmaßen werden dicht aneinander gestellt, der Körper kugelförmig gewölbt und der Kopf gegen die Brust gedrückt. Mit ihren langen Armen und den großen Krallen können sie sich mühelos an den Ästen halten.

In der Dämmerung werden Faultiere munter. Nun schieben sie sich gemütlich von Zweig zu Zweig weiter, um sich von den jungen Trieben und Früchten zu ernähren. Wasser erhalten sie, indem sie den Tau von den Blättern ablecken.

Das dichte rauhaarige Fell verläuft in seiner Strichrichtung im Gegensatz zu anderen Säugetieren nicht vom Rücken zum Bauch, sondern vom Bauch zum Rücken, damit der Regen gut abläuft.

Faultiere werfen nur ein Junges. Dieses kommt gut entwickelt zur Welt. Es hat schon ein dichtes Fell und kräftige Krallen und Zehen. Damit hängt es sich sogleich an den Hals der Mutter, die es dann überall mit herumschleppt.

Man unterscheidet **Zweizehenfaultiere** mit je zwei Zehen an den Vorderfüßen und **Dreizehenfaultiere** mit drei Zehen. Das Zweizehenfaultier **Unau** aus dem nördlichen Südamerika wird etwa 65 cm lang. Sein Haar ist am Körper olivgrau, zum Rücken hin dunkler und am Kopf, im Nacken und im Gesicht etwas grünlicher. Das Dreizehenfaultier **Ai** aus Brasilien wird 60 cm lang. Sein Fell ist rötlich grau, am Bauch eher silbergrau.

Dreifinger-Faultier
Verbreitung:
Süd- und Mittelamerika
Lebensraum:
Urwälder

Dreifinger-Faultier in Ruhestellung

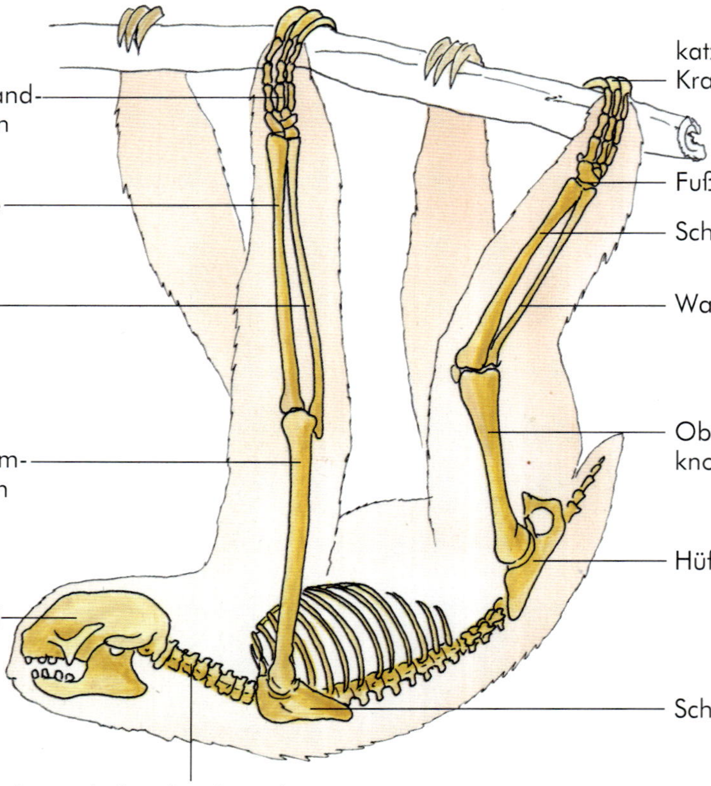

Dreifinger-Faultier (Skelett) in Ruhestellung

Ameisenbär

Der Ameisenbär aus der Familie der Zahnarmen bewohnt das östliche Südamerika. Bei ihm trifft der Name „Zahnarme“ zu, denn er hat wirklich keine Zähne.

Der **Große Ameisenbär** erreicht eine Körperlänge von 120 cm und 90 cm Schwanzlänge. Ein **Zwergameisenbär** hingegen wird nur 16 cm lang. Dieser ist genau wie der Tamandua, eine mittelgroße Art, Baumbewohner. Ameisenbären haben einen lang gestreckten Körper mit stark verlängertem Kopf und Schnauze. Sie tragen ein schwarzgraues Borstenkleid und einen langen buschigen Schwanz, der sich während des Schlafs über den ganzen Körper ausbreitet.

Die Nahrung des Ameisenbären besteht nur aus Ameisen, Termiten und Larven. Mit den mächtigen Krallen seiner Vorderfüße öffnet er die sehr harten Erdhügel der Insekten. Stürzen diese heraus, fängt er sie mit seiner wurmförmigen, klebrigen Zunge, die er weit hervorstrecken kann. Dieser Vorgang wird so lange wiederholt, bis keine Ameisen bzw. Termiten mehr nachströmen oder bis der Ameisenbär satt ist.

Ameisenbär

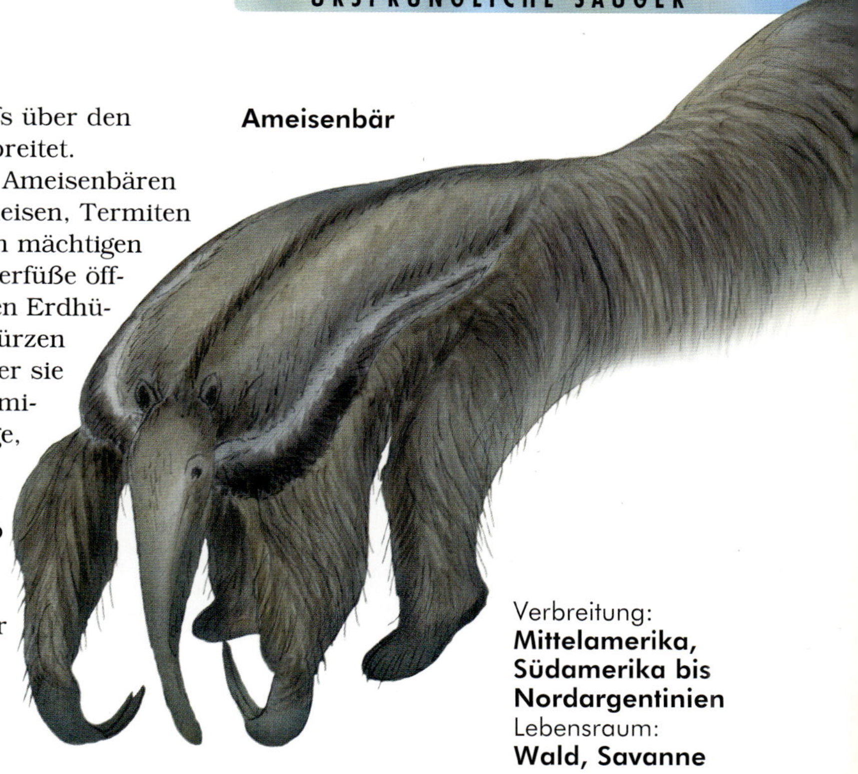

Verbreitung:
Mittelamerika, Südamerika bis Nordargentinien
Lebensraum:
Wald, Savanne

Schuppentiere

Das größte Schuppentier ist das **afrikanische Riesenschuppentier**. Dieses träge Tier läuft auf allen Vieren und stellt sich auch manchmal auf die Hinterbeine, wobei der Schwanz als Stütze dient. Der Schwanz ist gleichzeitig auch Waffe. Mit ihm kann es kräftige Schläge austeilen, die mit zusätzlich ausgestoßenen Geruchsstoffen aus Drüsen so manchen Feind verjagen. Fühlt sich das Schuppentier bedroht, kann es sich auch wie eine Kugel zusammenrollen und ist mit seinen Hornschuppen rundum geschützt.

Afrikanisches Riesenschuppentier

Verbreitung: **Afrika**
Lebensraum: **Wald, Savanne**

Schuppentiere sind bodenbewohnende Nachttiere. Große und scharfkantige Schuppen überdecken einander wie die Schuppen eines Tannenzapfens. Mit starken Krallen kann das Schuppentier Nester öffnen und die Nahrung dann mit seiner langen Zunge in das zahnlose Maul stopfen.

Riesenschuppentiere bringen jeweils nur ein Junges zur Welt. Dieses wird nach fünfmonatiger Tragzeit in einem Nest, das unterirdisch angelegt wurde, geboren. Bei der Geburt sind die Schuppen noch sehr weich, aber bereits nach zwei Tagen ausgehärtet. Das Junge sitzt bereits nach vier Wochen auf dem unteren Rückenteil der Mutter und begleitet sie bei der Nahrungssuche. Nach einem Vierteljahr ist das Junge weitgehend selbstständig.

Schuppentier (Skelett)

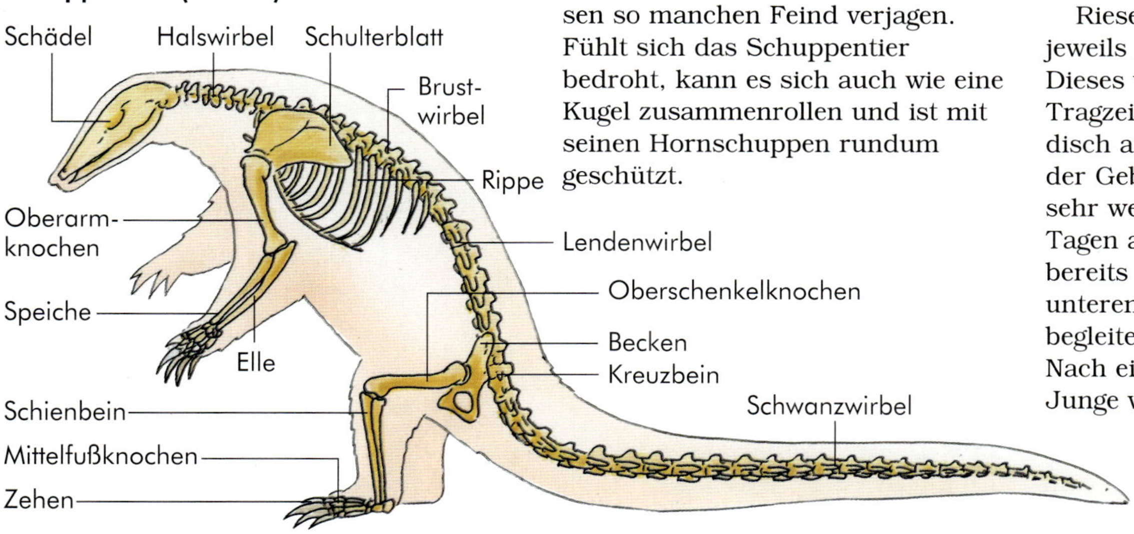

KAPITEL 7

Unpaarzeher

Unpaarhufer, auch Unpaarzeher genannt, sind mit etwa 15 Arten eine Säugetierordnung, zu der die Familien der Pferde, der Nashörner und der Tapire gehören.

Im Gegensatz zu Paarhufern haben diese Tiere eine ungerade bzw. unpaarige Anzahl von Zehen, ebenso wie bei den Menschen. Während Pferde, Esel und Zebras nur einen Huf an jedem Fuß haben, besitzen Nashörner vorn und hinten jeweils drei Zehen pro Fuß. Tapire haben vorn fünf und hinten drei Zehen. Bei allen ist jeweils die Mittelzehe am stärksten ausgeprägt.

Zur Familie der Pferde gehören neben vielen Pferderassen auch die Esel, die Maultiere und Zebras.

Familie Pferd

Pferd
Verbreitung: **Domestiziert auf der ganzen Welt**
Lebensraum: **Graslandschaft**

Die Vorfahren der heutigen Pferde, Zebras und Esel, lebten bereits vor 50 Mio. Jahren. Damals hatten die Tiere jedoch nur die Größe eines Hasen. Sie besaßen noch keine Hufe, sondern mehrere Zehen, die sie weit auseinander spreizen konnten. So konnten sie sich im damals feuchtwarmen Tropenklima mühelos auf dem sumpfigen Boden bewegen, ohne einzusinken. Mit Veränderung des Klimas entstanden große Trockengebiete. Viele Pferdearten starben daraufhin aus. Andere entwickelten sich zu den schnellen Tieren der Steppe.

Maultier
Verbreitung: **Nordafrika, Südeuropa, China, Südamerika**
Lebensraum: **Karge Vegetation**

Vor etwa 10 000 Jahren breiteten sich die Urwildpferde, die ursprünglich in Nordamerika entstanden, über das gesamte Gebiet Amerikas, Asiens, Europas und Nordafrikas aus. Es entwickelten sich verschiedene Typen, die den jeweiligen Bedingungen angepasst waren. In Europa starben die Wildpferde nach dem 8. Jahrhundert allmählich aus. Das kleine mongolische Wildpferd gibt es heute noch in den Steppen Innerasiens.

Pferde besitzen einen schlanken Körperbau und lange Beine. Ihr Aufbau ähnelt dem des Rindes. Bodenkontakt haben Pferde nur mittels einer sehr kräftigen Zehe; diese ist von einem starken Huf umgeben. Die anderen Zehen fehlen bzw. sind stark verkümmert. Der lang gestreckte Kopf hat große Augen, weite Nasenlöcher (Nüstern) und sehr bewegliche Lippen. Die tütenförmigen Ohrmuscheln richten sich bei jedem kleinsten Geräusch auf und können hin- und herbewegt werden. Am Hals befindet sich eine Mähne, der kurze Schwanz endet in einem Schweif, der aus langen Haaren besteht und zum Vertreiben von Bremsen oder Fliegen benutzt wird.

Die Nahrung der Pferde ist rein pflanzlich. Sie weiden vor allem Gräser ab, die sie mit ihren Backenzähnen gründlich zermalmen, denn sie sind keine Wiederkäuer wie Rinder.

Das männliche Pferd wird als Hengst bezeichnet, das weibliche Pferd als Stute. Diese bringt normalerweise einmal im Jahr ein Junges zur Welt, das Fohlen.

Pferd

Unser Hauspferd stammt von Wildpferden ab, deren Herden in Steppen lebten. Bereits früh wurde es als Arbeitstier eingesetzt. Erst im Mittelalter bekam es auch als Reittier Bedeutung. Es hat ähnlich wie ein Hund ein enges, vertrautes Verhältnis zu Menschen, gehorcht auf Zuruf oder Schenkeldruck und kann Tadel und Lob gut unterscheiden. Noch nach vielen Jahren erkennt es seinen Besitzer wieder.

In menschlicher Obhut entstanden verschiedene Rassen. Je nach Färbung unterscheidet man zwischen Braunen, Rappen, Füchsen, Schimmeln und Apfelschimmeln. Ponys sind besonders kleine Pferde. Je nach Temperament spricht man

Pferd (Skelett)

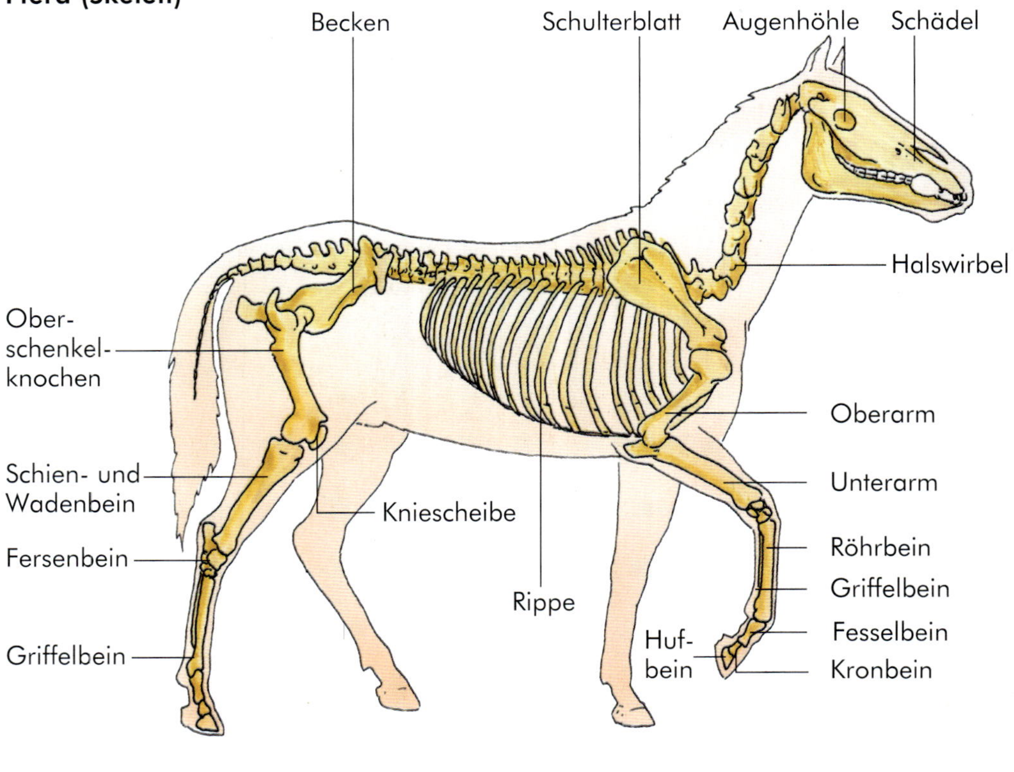

von Vollblut-, Warmblut- und Kaltblutpferden.

Wie seine Vorfahren, die häufig vor größeren Raubtieren die Flucht ergreifen mussten, ist auch das Hauspferd immer noch äußerst sensibel für Geräusche. Dieses kann man an unruhigen Ohr- und Schwanzbewegungen beobachten. Reizt man das Pferd, kann es sogar sehr schmerzhaft zubeißen oder mit den Hinterbeinen ausschlagen. Bei Ungewohntem „geht“ das Tier „durch“, d. h. es rennt unkontrolliert davon.

Das Pferd bewegt sich in vier Gangarten: Schritt, Trab, Pass und Galopp. Während es im Schritt und Trab (es holt unterschiedlich weit aus) die Beine abwechselnd kreuzweise aufsetzt, geschieht eine Galoppbewegung durch schnell aufeinanderfolgende Sprünge.

Im Gegensatz zu den meisten anderen Tieren schläft ein Pferd hauptsächlich im Stehen. Dabei verlagert es abwechselnd das Gewicht auf jeweils drei Beine, so dass ein Bein ruht.

Hauspferde fressen Hafer, Heu und Gras, aber auch Rüben, Möhren und anderes Gemüse. Heu wird mit den Lippen ins Maul gezogen, Gras mit den Schneidezähnen (in Ober- und Unterkiefer) abgeschnitten. Neben einem Magen hat das Pferd einen Blinddarm, in dem ein großer Teil der Verdauung stattfindet.

Einmal im Jahr bringt das weibliche Pferd, die Stute, ein Fohlen zur Welt. Es kann gleich nach der Geburt stehen und mit auf die Weide gehen. Das Erwachsenenalter eines Pferdes ist mit zwei bis drei Jahren erreicht. Insgesamt haben Pferde eine Lebenserwartung von bis zu fast 40 Jahren.

Pferd, männlich **(Anatomie)**

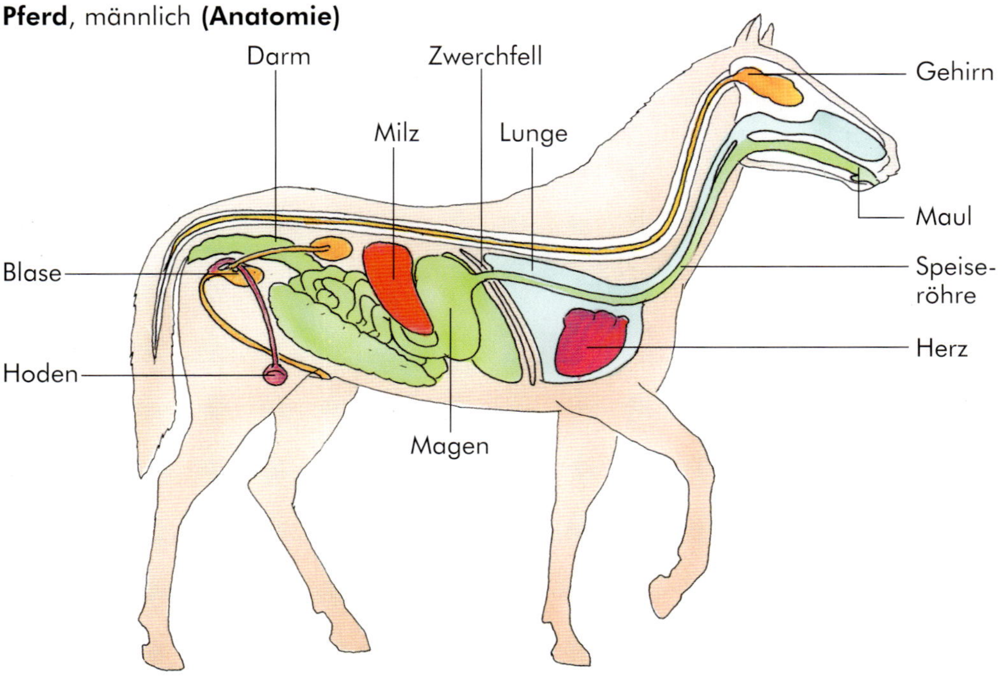

Gangarten eines Pferdes

Esel
Verbreitung:
Südeuropa, Nordostafrika
Lebensraum:
Gebirge, Halbwüste, Grasebenen

Esel

Der Steppenesel, der auch als Nubischer Wildesel bezeichnet wird, ist der Stammvater unseres Hausesels.

Während unser Hausesel als störrisch, langsam und eigensinnig gilt, hat der Nubische Wildesel wie sein wild lebender Verwandter, der Asiatische Wildesel, eine besondere Ausdauer, ein angenehmes Wesen und ist äußerst genügsam.

Der Körperbau des Nubischen Wildesels ist schlank. Die Schulterhöhe liegt bei etwa 1,20 m. Sein großer Kopf hat lange schmale Ohren, die Fellfärbung reicht von sehr hellem Braun bis zu Grau.

Er lebt in Nordostafrika in den Gebirgen, Halbwüsten, Grasebenen und in felszerklüfteten Gebieten. Dort klettert er umher und sucht nach Gräsern und Kräutern. Seine bevorzugten Futterzeiten sind die Nacht und der frühe Morgen. In den heißen Tagesstunden ruht er sich lieber an einem schattigen Plätzchen aus.

Erwachsene männliche Esel (Hengste) leben allein oder in gesonderten Grüppchen. Die Weibchen und die Jungtiere verschiedenen Alters bilden locker untereinander verbundene Herden. Kommt es zum Streit zwischen ihnen, findet dieser in Form von Treten und Beißen der Tiere statt.

Eselweibchen bringen nach einer Tragzeit von fast einem Jahr ein Fohlen zur Welt. Mit diesem halten sie sich einige Tage abseits, bis das Junge gelernt hat, seine Mutter von anderen zu unterscheiden.

Zebra

Zebras sind die gestreiften Wildpferde Afrikas. Es gibt drei Arten mit mehreren Unterarten. Das **Grevyzebra** lebt in noch geringer Anzahl im nordöstlichen Afrika. Sein Fell hat viel feinere Streifen als das der anderen Zebras, die Ohren sind größer. Es wird bis zu 1,60 m hoch und über 400 kg schwer.

Das **südafrikanische Bergzebra** kommt in zwei Unterarten vor. Nachdem das **Kapzebra** bis auf 25 Tiere ausgerottet war, stellte man es unter strengen Naturschutz. Heute liegt seine Zahl wieder bei etwa 200 Tieren. Von der zweiten Unterart, dem **Hartmann-Bergzebra**, sind ebenfalls nur wenige tausend Tiere übrig geblieben.

Am weitesten verbreitet ist heute das Steppenzebra, von dem es noch fünf Unterarten gibt. Auffällig ist, dass sich die Zeichnung des Fells nicht nur von Unterart zu Unterart unterscheidet, sondern auch von Tier zu Tier.

Das Steppenzebra ist schon am frühen Morgen aktiv. Es zieht von seinem Ruheplatz in die Graswiesen, um dort Gräser und Kräuter zu fressen. Zwischendurch sucht es eine Wasserstelle auf.

Steppenzebras leben in großen Herden zusammen. Ungefähr sechs Stuten und ihre Jungen gehören mit einem älteren Hengst zu einer Familiengruppe. Hat der Hengst ein bestimmtes Alter (16–18 Jahre) erreicht, überlässt er seinen Platz freiwillig einem Jüngeren, der mindestens sechs Jahre alt sein muss.

Zebra (Steppenzebra)
Verbreitung: **Südafrika**
Lebensraum:
Savanne und Graslandschaft

Auch wenn viele Familiengruppen in einer Herde zusammen sind, können die Tiere ihre Zugehörigkeit an den unterschiedlichen Zeichnungen, am Geruch und an den Rufen erkennen.

Die Stuten von Steppenzebras bringen nach einer Tragzeit von etwa einem Jahr ein Fohlen zur Welt, mit dem sie sich für einige Tage von der Herde absondern. Wenn es gelernt hat, seine Mutter zu erkennen, kehren sie zu den anderen zurück. Das Fohlen wird noch etwa ein halbes Jahr gestillt.

Familie Tapir

Tapire gehören zu den Unpaarhufern. Sie sind scheue Bewohner des Urwaldes, die offene Landflächen vermeiden.

Sie sind etwa einen Meter groß und haben mit ihrer verlängerten Schnauze, die rüsselartig aussieht, Ähnlichkeit mit Wildschweinen. Ihr Körper ist plump, die stämmigen Füße haben vorn vier, hinten drei Zehen.

Tapire sind überwiegend nachts auf Nahrungssuche. Sie sind meist allein unterwegs und fressen Blätter von Bäumen und herabgefallene Früchte. Manchmal fallen sie auch in Obstplantagen ein. Auch Sumpf- und Wasserpflanzen verschmähen sie nicht. Als gute Schwimmer sieht man sie häufig im Wasser.

Tapire kommen mit einer Art, dem asiatischen Schabrackentapir, in Südostasien vor. Dieses Tier hat eine auffallend schwarz-weiße Färbung. Sein Vorderteil und seine Beine sind schwarz, das Hinterteil ist grauweiß. In Süd- und Mittelamerika existieren drei Arten. Sie sind grau bis dunkelbraun.

Schabrackentapir
Verbreitung: **Südostasien**
Lebensraum: **feuchte, sumpfige Wälde**

Familie Nashörner

Nashörner sind Unpaarzeher und gehören zu den Verwandten der Pferde. Diese plumpen Dickhäuter haben auf ihrem Nasenrücken ein oder zwei Hörner, die hintereinander stehen. Sie werden ständig abgewetzt und wachsen immer wieder nach.

In Asien werden seit Jahrtausenden zweifelhafte Medikamente aus ihren Hörnern gemacht. Daher sind die Tiere hier fast ausgerottet. In Afrika geschieht ähnliches.

Nashörner sind in wasserreichen Gebieten zu finden. Dort können sie sich durch Wälzen im Schlamm von den lästigen Mücken und Bremsen befreien. Oft bedecken sie sich mit einer dicken Schlammschicht, indem sie mit ihren Hörnern Löcher aufwühlen und sich darin vollständig einschlammen. Dabei geben sie grunzende Geräusche als Zeichen des Wohlbefindens von sich.

Nachts machen sich Nashörner in die anliegenden Weiden und Wälder auf. Dabei stampfen sie mit ihrem kräftigen Körper sämtliche dünnen Zweige, Äste und Buschwerk nieder, so dass man regelrechte Gangstraßen der Nashörner finden kann. Sie ernähren sich von allerlei Blättern, Früchten und Gräsern.

Nashornweibchen bringen in der Regel ein Junges zur Welt, das sie meist ein Jahr lang säugen und es auch später noch zwei bis drei Jahre bei sich behalten.

Die größte Nashornart Asiens ist das Panzernashorn. Es wird 4,2 m lang und wirkt mit seinen zahlreichen Beulen in der Haut, als sei es gepanzert.

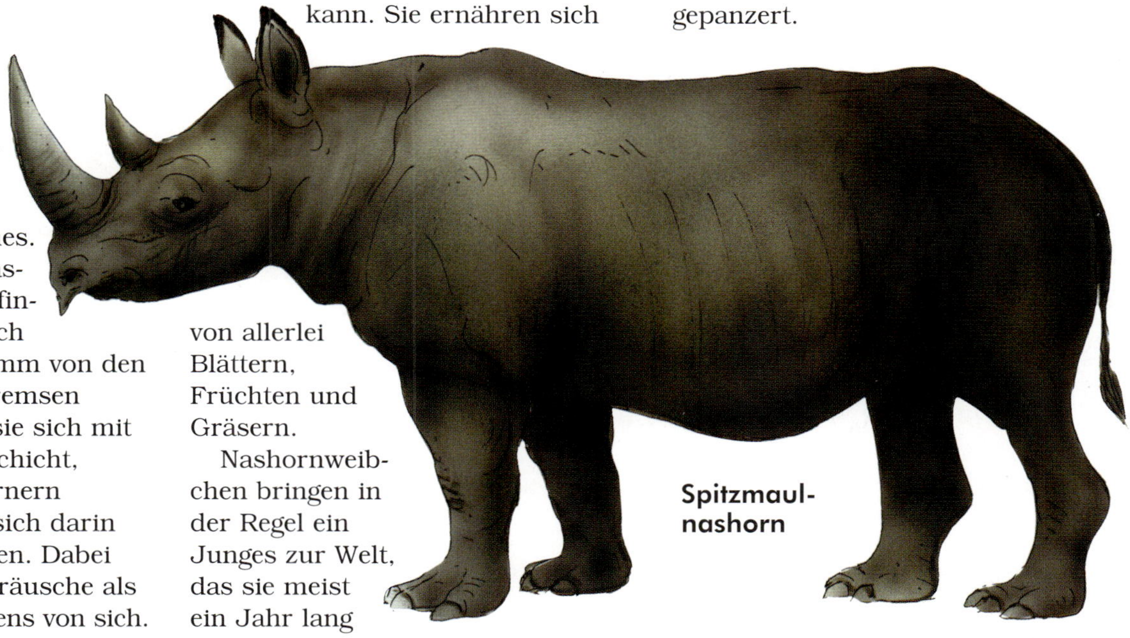

Spitzmaulnashorn

Das Breitmaulnashorn in Afrika ist nach dem Elefanten das zweitgrößte Landsäugetier. Es ist 2 m hoch und bis 5 m lang.

Das Spitzmaulnashorn, auch Schwarzes Nashorn genannt, lebt ebenfalls in Afrika und wird bis zu dreieinhalb Meter lang. Im Gegensatz zum Breitmaulnashorn lebt es meist allein, lediglich die Weibchen bleiben mit ihren Jungen zusammen.

Breitmaulnashorn Verbreitung: **Ostafrika**
Lebensraum: **Savanne und wasserreiche Gebiete**

Nashörner lieben das Familienleben. Sie betreuen und säugen ihre Jungen etwa zwei Jahre lang. Nashornjunge wachsen sehr schnell. Nach einem Jahr haben sie bereits eine Länge von 2 m und eine Höhe von 1 m erreicht. Sie gehören zu den stark bedrohten Tieren, denn sie werden immer noch von Wilderern wegen ihrer Hörner, die angeblich besondere Kräfte beherbergen, abgeschlachtet. Man findet diese Tiere nur noch in kleinen Gebieten südlich der Sahara, in Ostafrika sowie in Nepal, Pakistan und Indonesien.

Paarzeher

KAPITEL 8

Die Paarzeher, auch Paarhufer genannt, sind mit über 160 Arten weltweit verbreitete Säugetiere. Erste Paarhufer lebten schon vor 50 Mio. Jahren.

Ihre Kennzeichen ist, dass sie an jedem Fuß ein oder zwei Paar Zehen haben. Ihre Endglieder bestehen meist aus einer Hornmasse, dem Huf. Die meisten Paarzeher sind Lauftiere, Pflanzenfresser und leben in Herden zusammen. Zu dieser Ordnung zählen Schwielensohler, Wiederkäuer und Nichtwiederkäuer.

Wiederkäuer

Bei den Wiederkäuern unterscheidet man zwischen gehörnten (geweihtragenden) und ungehörnten Tieren.

Als Geweih werden Hörner bezeichnet, die auf den Stirnbeinen sitzen und sich mit zunehmendem Alter verzweigen. Sie werden einmal im Jahr abgeworfen und durch neue ersetzt. Ungehörnte Wiederkäuer tragen Gebilde aus Hornmasse, die dem Stirnbein aufliegen. Diese wachsen, werden aber nicht erneuert.

Bezeichnend für Wiederkäuer wie z. B. das Rind ist ihr unterteilter Magen aus dem Pansen, Netz-, Blätter- und Labmagen. Schwer verdauliche Kost wird mit Hilfe von Bakterien vorverdaut, dann zunächst portionsweise wieder ausgewürgt, langsam zerkaut und erneut hinuntergeschluckt.

Nichtwiederkäuer

Im Gegensatz zu Wiederkäuern besitzen Nichtwiederkäuer nur einen einfachen Magen. Sie zermalmen ihre Nahrung mit ihren kräftigen Zähnen.

Schwielensohler

Von den früher zahlreichen Schwielensohlern existieren heute nur noch die Kamelartigen. Im Gegensatz zu den Paarhufern hat sich eine Sohlenfläche aus dicken Schwielen gebildet, die in sich federt.

Damhirsch
Verbreitung: **Europa, Kleinasien**
Lebensraum: **Halboffene Landschaften**

Reh
Verbreitung: **Europa bis Asien**
Lebensraum: **Halboffene Landschaften**

Weißwedelhirsch
Verbreitung: **Gemäßigtes Amerika**
Lebensraum: **Wald, Sümpfe, Buschland**

Familie Hirsche

Hirsche sind wiederkäuende Paarzeher, die ein Geweih tragen. Sie haben einen schlanken und zierlichen Körperbau. Ihr Kopf, der sich zur Schnauze hin verschmälert, sitzt auf einem kräftigen Hals. Die Beine sind relativ hoch, ihre Hufe schmal und spitz.

Das besondere Merkmal dieser Pflanzenfresser ist ihr Geweih, das meist nur bei den Männchen vorhanden ist. Dabei handelt es sich um knöcherne Verzweigungen, die vom Stirnbein ausgehen. Sechs bis acht Monate nach der Geburt eines Hirsches bildet sich ein knöcherner Zapfen am Stirnbein, der während des ganzen Lebens bleibt. Man bezeichnet diesen als „Rosenstock“. Auf ihm setzt das Geweih an. Zu Beginn ist der Rosenstock nicht mehr als eine spitze Stange auf jeder Seite, die sich nach und nach mehr und mehr verästelt. Es können sich zwölf solcher Sprossen bilden. Das Geweih wird am Ende des Winters bzw. zu Beginn des Frühjahrs abgeworfen und wächst im Sommer nach.

Das Geweih dient den Männchen als Waffe in rivalisierenden Kämpfen um Revier und Hirschkühe. Während der Paarungszeit stoßen viele Hirsche röhrende Geräusche aus. Damit wollen sie Weibchen und Rivalen imponieren. Zur Familie der Hirsche gehören u. a. Karibu, Elch, Rentier und Echthirsche.

Rothirsch

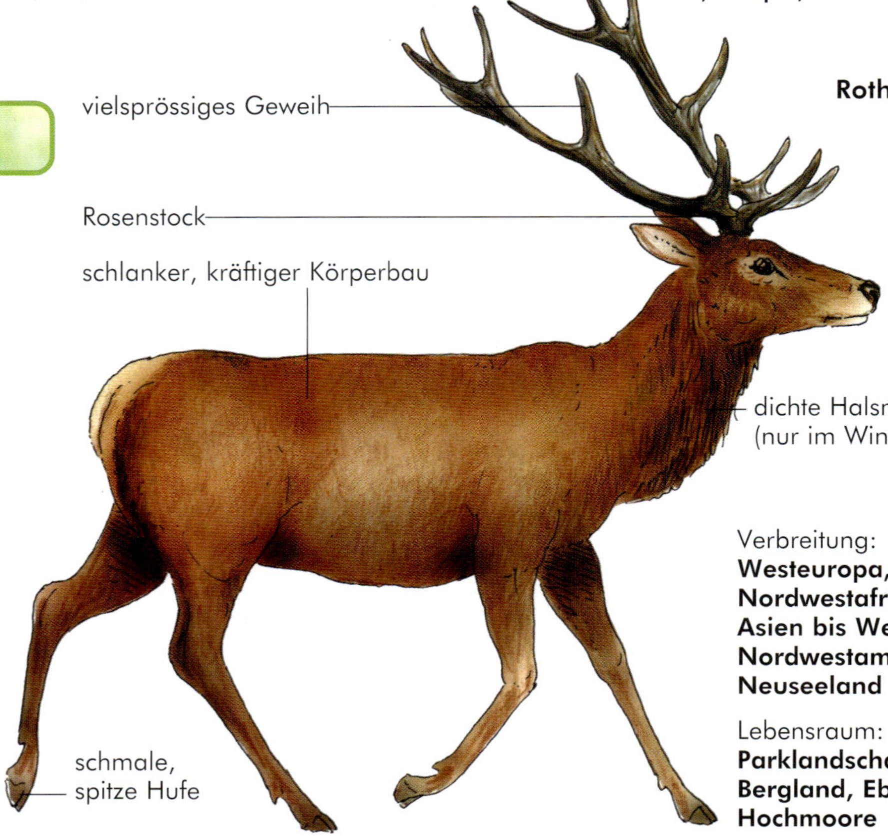

Verbreitung: **Westeuropa, Nordwestafrika, Asien bis Westchina, Nordwestamerika, Neuseeland**

Lebensraum: **Parklandschaften, Bergland, Ebenen, Hochmoore**

Hirschfuß (Skelett)

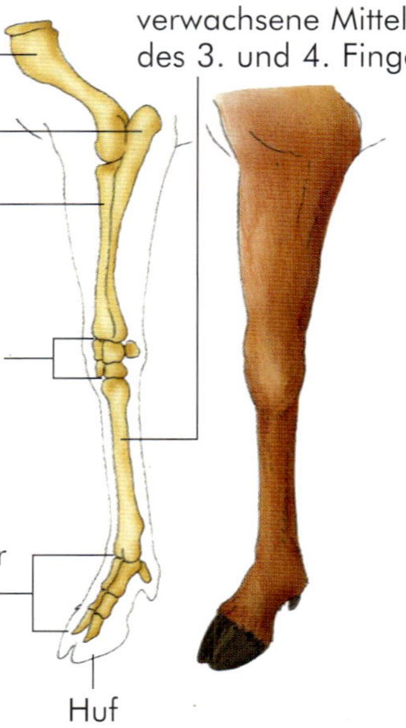

Elche

Der größte aller Hirsche ist der Elch. Ein erwachsener Elch wird 2,40–3,10 m lang, über 2 m hoch und wiegt bis zu 800 kg.

Mit seiner breiten Schnauze, bei der die Oberlippe weit überhängt, sowie mit dem großen Halslappen ist der Elch leicht zu erkennen. Das mächtige schaufelförmige Geweih des Elchmännchens hat eine Vielzahl von Verzweigungen. Es wiegt um die 20 kg. Der Elch hat eine lange, dichte Behaarung mit einer langen Mähne im Nacken, die sich an Brust und Hals fortsetzt. Die Färbung ist rötlich braun und wird im Kopf und Mähnenbereich dunkler.

In der Paarungszeit versuchen die Männchen (Elchhirsche) die kleineren geweihlosen Weibchen durch ein dumpfes Gebrüll anzulocken. Gegen auftauchende Rivalen leisten sie erbittert Widerstand.

Nach der Paarung vergehen noch acht Monate, bis die Elchkuh ein Junges (nur selten zwei) wirft. Das Kalb wird ein halbes Jahr mit Milch von der Mutter versorgt, dann kann es auch Pflanzen fressen. Insgesamt bleibt ein Junges ein Jahr bei seiner Mutter.

Mit Ausnahme der Paarungszeit ist der Elch ein Einzelgänger und lebt nicht in einer Gruppe wie die anderen Hirsche. Er ernährt sich im Sommer hauptsächlich von Wasserpflanzen und Blättern. Im Winter frisst er holzige Pflanzen wie Sträucher.

Elche kommen in allen nördlichen Ländern Europas von Skandinavien bis nach Sibirien vor, ebenso in Alaska, Kanada und im Norden der USA. Dort bewohnen sie wald- und seenreiche Gebiete.

Elch
Verbreitung: **Nordeuropa, Skandinavien, Kanada, Alaska**
Lebensraum:
Nadelwälder an Flüssen und Seen

Rentier Verbreitung: **Überall im Norden der Nordhalbkugel**
Lebensraum: **Tundra und die nördlichen Waldgebiete**

Rentier

Das Rentier oder der Karibu ist die einzige Hirschart, bei der beide Geschlechter ein Geweih tragen, deren Form einzigartig ist. Die unterste Stange, also der Ansatz des Geweihs, ist nochmals verzweigt. Das Geweih der Weibchen ist kleiner.

Der Körper eines Rentiers wirkt etwas plump, seine Länge beträgt zwischen 1,2 und 2,2 m. Der Schwanz ist mit 10–20 cm kurz, die Beine niedrig angesetzt.

Je nach Art ist die Färbung des Fells schwarz, braun, grau oder weiß. Die erwachsenen Rentiermännchen leben allein, die Mutter und die Jungen bilden Rudel.

Im Sommer ernähren sich Rentiere hauptsächlich von Gras und anderen Pflanzen der Tundra. Im Winter suchen sie nach Moosen und Flechten. Dazu müssen sie häufig den Schnee mit den Hufen beiseite scharren.

Das zahme Rentier ist für die nordischen wandernden Hirtenvölker (Lappen) das wichtigste Haustier. Es liefert ihnen Milch, Käse und Fleisch als Nahrung, Knochen und Felle für die Bekleidung. Außerdem lässt es sich als Lasttier einsetzen und sich vor einen Schlitten spannen.

Wilde Rentiere, die insgesamt etwas zierlicher gebaut sind, legen im Herbst und im Frühjahr riesige Wanderungen mit der Herde zurück. Vor dem Winter ziehen sie nach Süden und kehren im Frühling wieder in den Norden zurück.

Im Herbst kämpfen die Rentiermännchen um die Gunst der Weibchen. 240 Tage nach der Paarung wirft eine Rentierkuh ein Junges, manchmal zwei. Die Kleinen können bereits wenige Stunden nach der Geburt mit der Herde ziehen.

Rentiere sind in Nordeuropa und Asien zu finden, ebenso in Kanada, Grönland und Alaska.

Verbreitung: **Süd- und Ostafrika**
Lebensraum: **Offene Ebenen, Grasland**

Verbreitung: **Südafrika**
Lebensraum: **Offenes Gelände und baumlose Ebenen**

Verbreitung:
Südosten von Saudi-Arabien
Lebensraum: **Wüste**

Hornträger

Die Hornträger sind eine große und artenreiche Gruppe der Paarzeher. Sie umfasst insgesamt 123 Arten, von denen das Rind, das Schaf und die Ziege bei uns am bekanntesten sind. Ebenso gehören das Gnu, die Antilope und der Büffel zu den Hornträgern.

Wahrscheinlich ist diese Familie in Eurasien entstanden und von hier nach Nordamerika gelangt. Eine besonders große Vielfalt ist in Afrika zu finden, in Südamerika existieren sie nicht.

Zu den gemeinsamen Merkmalen der Hornträger gehören der vierteilige Magen und das damit verbundene Wiederkäuen. Dabei werden aus der ersten Magenkammer, die grob zerkaute Nahrung aufnimmt, kleinere Mengen an den sich anschließenden Netzmagen abgegeben. Hier wird vorverdaut und die Nahrung, die jetzt zu kleinen Kugeln geformt ist, durch Aufstoßen wieder in den Mund zurückgebracht, wo sie dann gründlich zermalmt wird. Anschließend gelangt sie nach dem Schluckvorgang in den Faltenblättermagen und von dort in den Labmagen.

Bei den Hornträgern haben meist Weibchen und Männchen Hörner. Die der Weibchen sind gewöhnlich kleiner. Die Hörner sind hohl, je nach Art unterschiedlich geformt und dienen als Waffe in rivalisierenden Kämpfen.

Ein weiteres Merkmal der Hornträger besteht darin, dass alle an den Vorder- und Hinterläufen nur noch die dritte und vierte Zehe haben, die sich zu gespaltenen Hufen entwickelt haben.

Die wiederkäuenden Hornträger leben meist friedlich in Gruppen zusammen und fressen ausschließlich Pflanzen wie Kräuter, Blätter, Wurzeln usw.

Rind (Anatomie)

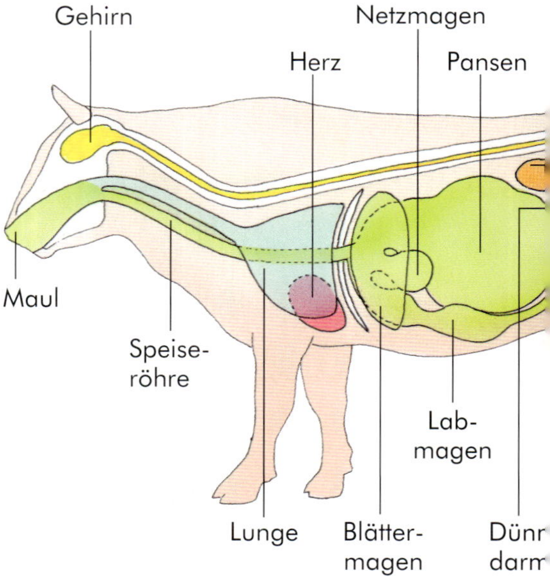

Rind

Seit Jahrtausenden ist das Rind das nützlichste Haustier des Menschen, denn es liefert ihm Fleisch, Milch und Leder. Bereits in der Steinzeit wurden seine Vorfahren, der Auerochse (Ur) und der Wisent gejagt. Während es den Wisent noch gibt, ist der Auerochse seit 300 Jahren ausgestorben.

Das Verhalten der Rinder erinnert stark an seine Vorfahren. Weidende Rinder leben gesellig in Herden zusammen, in denen eine feste Rangordnung herrscht. Als Leittier nimmt ein bestimmtes Rind eine Sonderstellung ein. Danach folgen die anderen in festgelegter Reihenfolge. Die höher gestellten Tiere haben bei Rückkehr zu Stall und Futterplatz ebenfalls die Führung. Sie dürfen vor den anderen Rindern fressen.

Rinder verständigen sich untereinander durch Muhen, Grunzen und Brüllen. Mit ihrem gutem Gedächtnis erkennen sie den Weg zur Weide wieder und folgen dem Zurufen des Bauern.

Der Körperbau eines Rindes ist massig. Der lange Schwanz mit Haarquaste an seinem Ende wehrt die stets lästigen Fliegen und Bremsen ab.

Das Rind ist ein Hornträger. Jedes Horn wird aus einer so genannten Hornscheide, die den Stirnbeinknochenzapfen umschließt, gebildet und wird als Waffe gebraucht. Das weibliche Rind, die Kuh, ist sanftmütiger als das männliche Rind (Stier, Bulle). Letzteres kann dem Menschen durchaus gefährlich werden, wenn es wütend auf ihn zurennt.

Das Rind ist ein Paarzeher; es tritt nur mit den zwei großen Zehen, die unserer dritten und vierten Zehe entsprechen, auf. Dabei

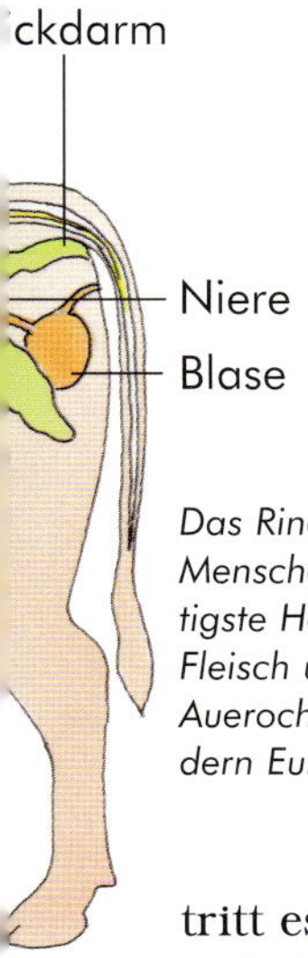

Rind (Skelett)

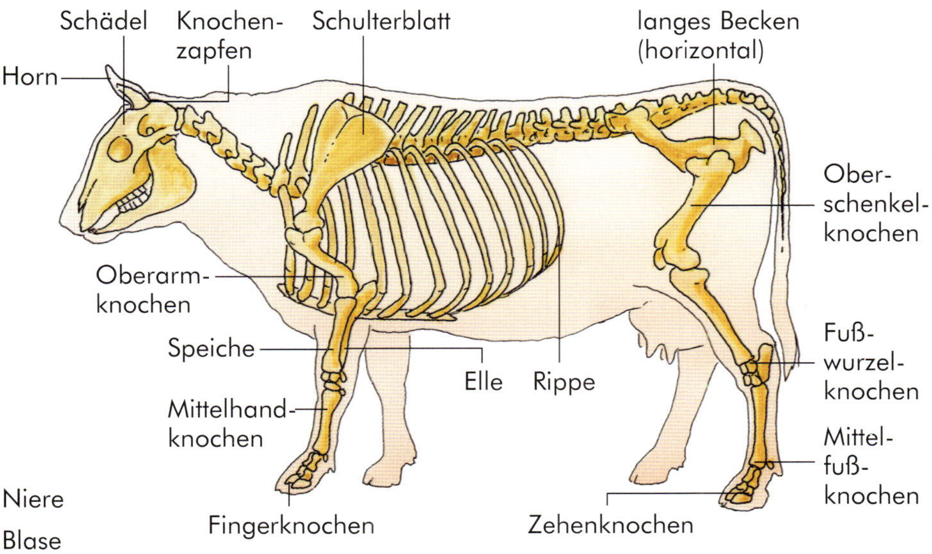

Das Rind wurde bereits vor 6000 Jahren vom Menschen gezüchtet und ist bis heute das wichtigste Haustier geblieben, denn es liefert uns Fleisch und Milch. Seine Vorfahren waren die Auerochsen, die in kleinen Herden in den Wäldern Europas lebten.

tritt es nur mit den Zehenspitzen auf, d. h. auf dem letzten Zehenglied, das von einem Huf umkleidet ist. Somit ist das Rind wie alle Huftiere ein Zehenspitzengänger. Neben den beiden kräftigen Hauptzehen liegen noch zwei verkümmerte, die den Boden nicht berühren.

Die Nahrung der Rinder ist rein pflanzlich. Es wird Grünfutter wie Klee und Gras gefüttert. Daneben frisst das Tier Heu, Stroh und Rüben. Wo es möglich ist, sucht sich das Rind seine Gräser selbst auf den Weiden. Mit seiner rauen Zunge umschließt es die Grasbüschel und zieht sie ins Maul.

Acht, im Unterkiefer liegende große, vorstehende Zähne drücken das Büschel gegen die knorpelige Oberkieferkante und rupfen es so ab. Über weiter hinten liegende breite Backenzähne wird die Nahrung durch seitliche Bewegungen des Unterkiefers grob zerkleinert und geschluckt.

Die Verdauung von Pflanzennahrung ist nur möglich, wenn diese fein zermahlen ist. Deshalb käut das Rind wieder. Dazu legt es sich meist bequem nieder.

Beim Abgrasen gelangen die groben Pflanzenteile zunächst in einen Vormagen, den Pansen (100 l Fassungsvermögen). Hier findet ein stundenlanger Gärungs- und Aufweichprozess statt.

Nach und nach gelangen kleinere Nahrungsmengen in den zweiten Magenabschnitt, den Netzmagen. Von hier aus kommen die Futterknäulchen wieder ins Maul zurück. Nun werden sie unter Zugabe von reichlich Speichel lange zerkaut. Anschließend gerät die Nahrung beim erneuten Verschlucken über Pansen und Netzmagen in den dritten Magenteil, den Blättermagen. Hier wird Flüssigkeit entzogen, der Rest gelangt in den Labmagen (letzter Abschnitt), der den eigentlichen Verdauungsmagen darstellt. Hier findet die Zersetzung durch Verdauungssäfte statt. Danach gelangt der Speisebrei in den Darm, wo Bauchspeichel, Galle und Darmsäfte die Verdauung abschließen.

Einmal pro Jahr wird in der Regel ein Kälbchen geboren. Dieses kann gleich nach der Geburt aufstehen und mit der Mutter laufen. Es wird wie alle Säugetiere von der Mutter gesäugt. Dazu dient das Euter der Kuh, das große Milchdrüsen enthält und an dessen Zitzen das Kalb saugen kann.

Durch immer weiter fortschreitende Züchtungen gibt eine Kuh heute weit über 3 000 l Milch pro Jahr, für uns ein Nahrungsmittel, das neben Wasser wertvolle Nährstoffe (Eiweiß, Milchzucker, Fett) enthält.

Wasserbock

Verbreitung: **Süd- und Ostafrika**
Lebensraum: **Savanne, Wald- und felsiges Hügelland**

Kaffernbüffel

Verbreitung: **Afrika südlich der Sahara**
Lebensraum: **In Wassernähe**

Hausrind

Verbreitung: **Weltweit**
Lebensraum:
Alm, Wiesen und Grassteppen

Kuh-Antilope

Zur Familie der Antilopen, die zu den wiederkäuenden Hornträgern zählt, gehören ganz unterschiedliche Tiere, die in ihrer Größe von der eines Hasen bis zu der eines Rindes reichen.

Die Kuh-Antilope beispielsweise lebt in den Grasebenen in Afrika südlich der Sahara. Dort frisst sie junge, gerade erst aufsprießende Triebe. Man sieht sie oft gemeinsam mit Zebras oder Gazellen grasen. Wann immer sich die Möglichkeit bietet, baden sie im Schlamm.

Kuh-Antilopen trinken sehr viel, können aber auch ohne Probleme lange Zeit ohne Wasser auskommen. Salzlecken gehört zu ihren bevorzugten Beschäftigungen.

Kuh-Antilopen haben ein Fell, das eine hell- oder dunkelbraune Färbung hat. Männchen und Weibchen haben Hörner auf ihrem schmalen Kopf. Die Größe und Form der Hörner ist unterschiedlich.

Meist leben Kuh-Antilopen in Herden von bis zu 40 Tieren zusammen. Diese bestehen jeweils aus den Weibchen, ihren Jungen und einem männlichen Leittier, das die Herde bewacht. Junge Männchen bilden eigene Herden.

Nach einer Tragzeit von acht Monaten kommt ein Junges auf die Welt. Es bleibt etwa drei Jahre bei der Mutter, bis es in eine andere Herde aufgenommen wird.

Kuh-Antilope

Verbreitung: **Afrika**
Lebensraum:
Steppe, Grasebene und Buschland

Schafe

Schafe unterscheiden sich von den Ziegen durch die flache Stirn und die kantigen, schneckenförmig gedrehten Hörner. Außerdem fehlt ihnen der Bart.

Wildschafe leben in den Gebirgen der nördlichen Erdhälfte, wobei jedes Verbreitungsgebiet eigene Arten besitzt. Ursprünglich aus Asien stammend, reicht ihr Verbreitungsgebiet inzwischen bis nach Südeuropa, Afrika und Nordamerika.

Das Mähnenschaf ist ein Wildschaf, das in Afrika zu Hause ist. Es unterscheidet sich von den übrigen Schafarten durch eine lange Mähne, die sich an Brust und Hals befindet und auch an den Vorderbeinen sprießt. Es lebt in felsigen und trockenen Gebieten und ernährt sich von Gräsern, Kräutern, Zweigen und Blättern. Den Mangel an Wasser gleicht es durch diese Pflanzenteile und durch das Ablecken des morgendlichen Taus aus.

In Gefahrsituationen haben Mähnenschafe wenig Unterschlupfmöglichkeiten. Sie sind durch die graugelbe bis sandfarbene Färbung ihres Felles aber gut getarnt. Wittern sie einen Feind, bleiben sie völlig reglos stehen und können so übersehen werden.

Mähnenschafe bringen ein bis zwei Junge im Jahr zur Welt. Diese ziehen mit dem Weibchen, dem Männchen und den Jungen aus vorherigen Würfen umher.

Hausschaf
Verbreitung: **Weltweit**
Lebensraum: **Wiesen und Weiden**

Sie gehören zu den gejagten Tieren, denn ihr Fleisch und ihre Wolle sind sehr begehrt. Wegen seiner nahen Verwandtschaft zu Ziegen nennt man das Mähnenschaf auch Mähnenziege.

Zahme Schafe (Hausschafe) leben vorzugsweise in ebenen Gegenden. Wann sie zu Haustieren wurden, ist nicht genau bekannt. Wahrscheinlich ist das Europäische Mufflon ein Vorläufer der europäischen Schafe.

Nach der Beschaffenheit ihres Haarkleides werden sie für Züchtungen in Haarschafe, mischwollige Schafe, schlichtwollige Schafe und reinwollige Schafe gegliedert. Vor 100 Jahren war der Bestand der Hausschafe noch wesentlich größer als heute, denn diese Tiere lieferten neben Fleisch und Milch auch Wolle und Pelze für Bekleidung. Auf Grund der zunehmenden Verarbeitung von Baumwolle und Kunstfasern und durch Schrumpfen der Weideflächen ging die Schafzucht in den letzten Jahren stark zurück.

Ziege

Zur Familie der Ziegen gehören unterschiedliche Arten von Hornträgern von mittlerer Größe. Es sind meist kräftige Tiere mit einem kurzen Hals. Die Hörner sind unterschiedlich gedreht und oft wulstig geformt.

Zu den echten Ziegen gehören die **Steinböcke**, wie beispielsweise der Alpensteinbock. Er lebt vor allem in den Alpen der Schweiz und Italiens in Höhen bis zu 3 000 m. Nur in sehr kalten Wintern steigt er weiter abwärts.

Bezoarziege

erbreitung: **Griechenland, Klein- und Vor-erasien, Kaukasus, Westindien**
ebensraum: **Gebirge, Hügellandschaften**

Das Fell des Steinbocks ist graubraun. Alle männlichen Tiere haben einen kleinen Ziegenbart unter dem Kinn. Bei älteren Tieren findet man auch eine lange Mähne im Nacken. Besonders auffällig sind die beim Männchen vorhandenen langen, nach hinten gebogenen Hörner. Beim Weibchen sind diese kürzer.

In der Brunftzeit, im Winter, sind die Geißen und die Böcke zusammen. Das restliche Jahr über bilden die Männchen mit den etwas älteren Jungtieren eigene Gruppen. Hier finden regelmäßig Machtkämpfe statt.

Im Sommer begeben sich die Tiere auf die Wiesen der Hochalpen und fressen dort die saftigen Kräuter und Gräser. In dieser Zeit werden nach halbjähriger Tragzeit auch die Jungen geboren.

Bison

Das Bison aus der Familie der Hornträger lebte einst in riesiger Anzahl in Nordamerika. Sein Bestand wurde um 1700 auf über 60 Mio. Tiere geschätzt. Es lieferte den dort lebenden Indianern Fleisch und Felle für Kleidung und Zelte. Um die Indianer zu vernichten, versuchten europäische Einwanderer, das Bison auszurotten, bis im Jahre 1889 nur noch etwas mehr als 800 Tiere lebten. Man stellte diese Tiere kurz vor der Ausrottung unter Naturschutz und heute leben in den Reservaten der USA und Kanadas wieder etwa 20 000–30 000 Bisons.

Die Größe der prächtigen Bisons beträgt in Schulterhöhe etwa 2,90 m. Ihr Körper ist kräftig mit breiten Schultern. Das dicke Fell mit seiner schwarzbraunen Färbung lässt die Tiere sehr massig wirken. Die Weibchen sind etwas kleiner. Das Fell der Jungtiere ist zunächst rötlichbraun. Männchen und Weibchen haben kurze, aber scharfe Hörner.

Bisons leben in Herden mit einer Größe eines Familienverbandes von bis zu 1 000 Tieren. Sie fressen vor allem morgens und abends die Gräser der Prärie und der Wälder. Tagsüber ruhen sie und käuen wieder. Dabei wälzen sie sich auch gerne einmal im Schlamm oder im Sand. So werden sie die lästigen Insekten los, die sie ständig plagen.

Vor der Paarung kommt es zu Kämpfen der Bullen um die Gunst der Weibchen. Nach einer Tragzeit von 9 Monaten wird ein Kalb abseits der Herde geboren. Das Junge kann wenige Stunden nach der Geburt mit seiner Mutter zur Herde zurückgehen. Es wird ein Jahr lang gesäugt und bleibt so lange bei der Mutter, bis es geschlechtsreif ist. Das ist etwa im Alter von drei Jahren der Fall.

Schneeziege
Verbreitung: **Nordamerika**
Lebensraum: **Felsgebirge über der Baumgrenze**

Bison
Verbreitung: **Nordamerika**
Lebensraum: **Übersichtliche Waldgebiete und Prärie**

Schwielensohler

Schwielensohler sind Paarhufer, die früher, vor allem in Nordamerika, in großer Vielfalt existierten. Von ihnen gibt es heute nur noch die Kamelartigen, zu denen Dromedar, Trampeltier, Lama und Guanako zählen.

Diese Tiere treten im Gegensatz zu anderen Paarhufern nicht auf der Spitze der letzten Zehenglieder auf, sondern bewegen sich auf den beiden letzten Zehengliedern. Hier hat sich eine Sohlenfläche ausgebildet, die aus einer dicken hornigen Schicht besteht, die federnd wirkt.

Guanako
Verbreitung: **Südamerika**
Lebensraum: **Halbwüste**

Dromedar

Das einhöckerige Kamel oder Dromedar ist das Lasten- und Reittier der Wüstenbewohner. Wahrscheinlich wird es schon seit 6 000 Jahren als Haustier gehalten. Man nennt es auch „Wüstenschiff". Es erreicht eine Schulterhöhe von 2,30 m und kann bis zu 8 Zentnern tragen.

Neben dem schwer gebauten Lastdromedar gibt es langbeinige Reitdromedare, die am Tag bis zu 140 km zurücklegen können. Beide Arten haben ein kurzes, zotteliges Fell, das am Rumpf, im Nacken und am Hals etwas länger ist. Sie ernähren sich von Pflanzen und Kräutern, die sie in der Wüste finden. Reserven für lange Wüstenstrecken lagert es in seinem Fetthöcker auf dem Rücken.

Auch bei größter Hitze kann das Dromedar mehrere Tage, ja sogar Wochen ohne Wasser auskommen. Dafür trinkt es aber bei sich bietender Gelegenheit mehr als 100 l auf einmal. Mit dieser Wassermenge kommt es lange aus, denn es kann seine Körpertemperatur auf etwa 40 °C erhöhen. Dadurch schwitzt es nicht und verliert so weniger Wasser.

Das Dromedar hat gut entwickelte Sinne. Eine Oase kann es schon aus weiter Entfernung wittern. Auch wenn ein Sandsturm naht, bemerkt das Tier es früher als der Mensch und beschleunigt seine Schritte, um eine schützende Stelle zu finden.

Der Passgänger hat zweizehige Hufe mit einer breiten Auftrittfläche. So kann es mühelos über den trockenen Wüstensand gehen, ohne darin zu versinken. Durch eine dicke Hornschicht geschützt, machen ihm die große Hitze des Wüstensands oder scharfe Felsenkanten nichts aus.

Zum Ausruhen oder zum Abnehmen der Last kniet das Dromedar nieder. Auch hier schützt eine Hornschicht an der Brustseite und an den Gelenken der Beine vor Verletzungen.

Den Menschen gibt es Milch, Fleisch und Fett. Aus der Haut lassen sich Zelte machen und der getrocknete Kot wird zum Brennen genutzt.

Dromedar
Verbreitung:
Nordafrika, Kleinasien
Lebensraum:
Wüste, halbtrockenes und trockenes Grasland

Trampeltier
Verbreitung: **Mittel- und Ostasien**
Lebensraum: **Wüsten- und Steppengebiete**

Trampeltier

Das zweihöckerige Kamel oder Trampeltier nimmt in großen Teilen Mittel- und Ostasiens die Stelle des Dromedars ein. Es kommt in warmen wie in kalten Gebieten vor.

Besonderes Merkmal des Trampeltiers sind seine zwei Höcker. Diese haben die Funktion eines Nahrungsspeichers, denn sie enthalten Fett, von dem bei Futterknappheit gezehrt wird.

Darüber hinaus fällt das dichte, lange und zottelige Fell auf. Es schützt die Tiere vor der Kälte des Winters. Im Sommer geht es büschelweise aus, so dass das Tier wie kahl geschoren wirkt.

Trampeltiere erreichen bis zu 3 m Körperlänge. Ihr Schwanz ist etwa 50 cm lang. Die Nahrung der Trampeltiere besteht überwiegend aus Blättern, die sie mit ihren langen Schneidezähnen von Bäumen und Sträuchern abkneifen.

Die weiblichen Trampeltiere bringen nach einer Tragzeit von 12–13 Monaten jeweils ein Junges zur Welt. Dieses kann bereits nach 24 Stunden selbstständig stehen. Es wird etwa ein Jahr lang gesäugt und ist nach fünf Jahren erwachsen.

Familie Giraffe

Die Familie der Giraffen, die zu den Wiederkäuern gehört, bestand früher aus zahlreichen verschiedenen Arten. Heute gibt es nur noch zwei, nämlich die Giraffe, die in Afrika südlich der Sahara verbreitet ist und das Okapi, das in den Regenwäldern von Zaire lebt.

Giraffe
Verbreitung: **Afrika**
Lebensraum: **Busch- und Baumsavanne**

Die Giraffe hat einen sehr langen Hals und wird bis zu 6 m hoch. Das kleinere Okapi dagegen erreicht nur bis zu 2 m Höhe.

Beide haben die für die Familie der Giraffen typischen stumpfen Hörner an der Stirn. Diese sind mit Haut überzogen und werden nicht abgeworfen.

Das Fell der Giraffen ist je nach Region ganz hell oder ganz dunkel mit jeweils noch dunkleren Flecken. Bei manchen fehlt die Fleckenfärbung völlig. Der etwa ein Meter lange Schwanz hat an seinem Ende ein Büschel Haare.

Giraffen leben meist in kleinen Gruppen von sechs bis zehn Tieren, manchmal auch in Herden. Jede Gruppe besteht aus Weibchen und Jungen sowie einem männlichen Leittier.

Die Hauptnahrung der Giraffen besteht aus Blättern, Knospen und Früchten, die sie aus den Baumkronen zupfen. Trinken ist sehr mühsam für die Tiere – da sie lange Vorderbeine haben, die noch länger als der Hals sind, müssen sie diese weit spreizen, um mit dem Kopf an das Wasser zu gelangen. Giraffen fressen vor allem am frühen Morgen und nachmittags. Am Mittag und in der Nacht schlafen sie liegend oder stehend.

Giraffenweibchen bringen nach einer Tragzeit von 400–460 Tagen ein Junges zur Welt. Die Geburt findet immer bei Sonnenaufgang statt! Die Jungen werden ein Jahr lang gesäugt. Sie sind bei ihrer Geburt schon 1,50 m groß. Erwachsen sind sie jedoch erst nach zehn Jahren.

Okapi
Verbreitung: **Zaire**
Lebensraum: **Regenwald**

Giraffe, weiblich **(Anatomie)**

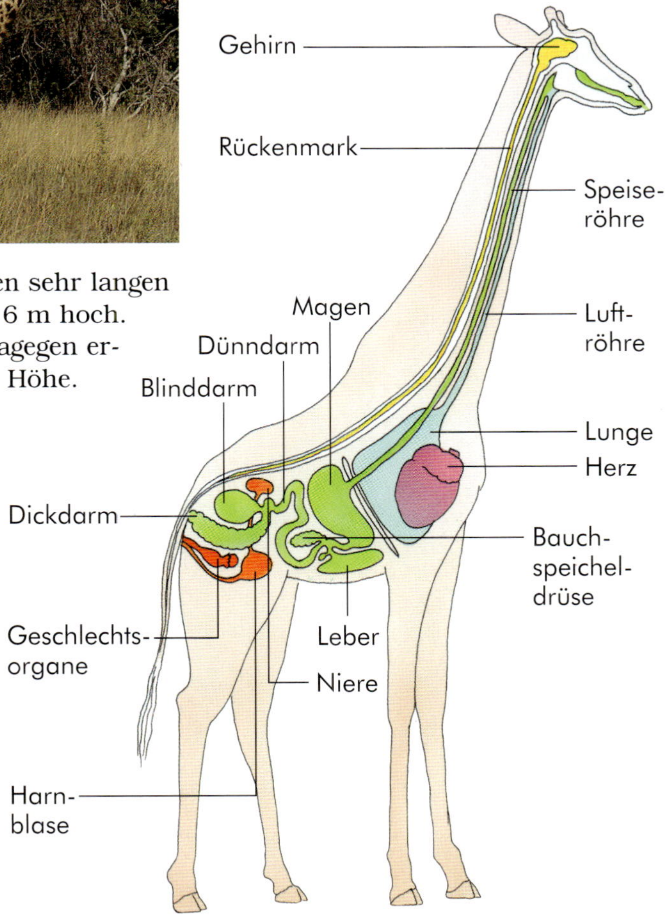

Giraffe (Skelett)

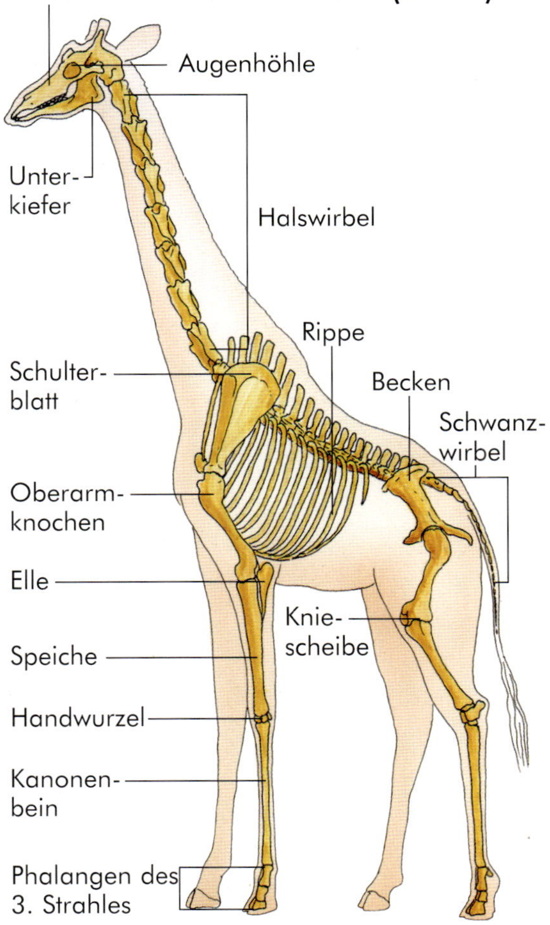

Familie Schwein

Zur Familie der Schweine, die zu den Paarhufern gehören, zählen acht Arten, die in Afrika, Asien und in Europa leben. Hier findet man sie in den Wäldern, in Sümpfen und im Unterholz.

Schweine haben einen gedrungenen Rumpf mit einem länglichen Kopf, der in einer beweglichen Schnauze mit abgeflachtem Ende mündet. Mit dieser empfindlichen Schnauze stöbern sie im Boden nach Nahrung. Bei den meisten Arten wachsen die oberen Eckzähne, die man als Hauer bezeichnet, aus dem Mund heraus. Diese kommen bei Kämpfen mit dem Gegner zum Einsatz und können schwere Verletzungen verursachen.

Schweine sind Allesfresser. Sie verzehren Wurzeln, Kräuter, Pilze, aber auch Insekten, Würmer, Mäuse, ja sogar Aas.

Zur Familie der Schweine zählen unter anderem das Wildschwein und das Warzenschwein. Auch das Hausschwein, eine spezielle Züchtung, gehört dazu.

Wildschwein

Verbreitung:
Europa, Mittel- und Südasien, Australien und Amerika
Lebensraum:
Deckungsreiche Laub- und Mischwälder

Hausschwein

Das Hausschwein, das zu den Paarzehern gehört, wird schon seit 4900 v. Chr. in China gezüchtet. Wie Untersuchungen ergaben, soll es auch in Europa zu dieser Zeit bereits zwei unterschiedliche Züchtungen gegeben haben.

Die Ursprünge unseres Hausschweins sind im Wildschwein zu suchen. Es verlor jedoch im Laufe der Züchtungen dessen dunkles borstiges Haarkleid und bildete sich auch sonst zurück.

Der Kopf wurde kürzer, aber höher, die Ohren zu Schlappohren und aus dem langen Quastenschwanz wurde ein kleines nacktes Ringelschwänzchen.

Die kurzen Beine der Schweine sind vom Aufbau her denen des Rindes sehr ähnlich, d. h. das Tier ist ebenfalls ein Zehenspitzengänger. Die zweite und fünfte Zehe sind stark vergrößert und spreizen sich auseinander, wenn das Schwein morastigen, lockeren Boden betritt. Dabei haben auch die kleineren Nebenzehen Bodenkontakt und das Schwein versinkt nicht im Matsch.

Schweine fühlen sich draußen in einem großen Auslauf am wohlsten. Hier können sie sich im Morast suhlen. Nach dem Trocknen reiben sie sich gern an Baumrinden oder Holzpfosten.

Früher trieb man die Schweine aus dem Stall heraus in die Wälder, wo sie in ihrer Eigenschaft als Allesfresser mit ihrer verlängerten Nase den Boden nach Eicheln und Wurzeln, aber auch nach Schnecken und Würmern, ja sogar nach Aas durchwühlten. Die Nahrung ließ sich wegen des ausgezeichneten Geruchs- und Tastsinns, der in dem nackten Ende ihres Rüssels liegt, leicht finden.

Das Gebiss des Schweins hat sich der abwechslungsreichen Nahrung angepasst. Oben und unten befinden sich jeweils sechs Schneidezähne, die fast waagerecht stehen und so eine Greifzange bilden, mit der das Schwein sogar kleine Bissen greifen kann. Weiter hinten liegen zunächst je vier scharfkantige und dann drei stumpfe Backenzähne. Der eine Teil deutet also auf Raubtiere, der andere auf Pflanzenfresser hin, tierische und pflanzliche Nahrung kann gleich gut zerkleinert werden.

Das Hausschwein wird mit Küchenabfällen gefüttert. Zusätzlich werden Kartoffeln, Mais und Milch gegeben.

Hausschwein
Verbreitung: **Europa, Amerika, Asien**
Lebensraum: **Wald, Gestrüpp und Unterholz**

Warzenschwein

Warzenschweine, die in Afrika beheimatet sind, haben einen walzenförmigen Körper, der auf dem Rücken eingesenkt und mit einem dichten borstigen Haarkleid bedeckt ist. Im Nacken und auf dem Rücken befindet sich eine Mähne, manchmal haben die Tiere auch einen weißlichen Backenbart. Der bis zu 50 cm lange Schwanz hat an seinem Ende ein Haarbüschel.

An den Seiten des Kopfes befinden sich seltsame Hautwarzen, die dem Tier den Namen gaben. Im Gebiss finden sich zu beiden Seiten starke Stoßzähne, die sich aus den Eckzähnen gebildet haben.

Von morgens bis abends ist das Warzenschwein unterwegs auf der Suche nach Nahrung. Dabei frisst es neben Gras und Früchten auch Knollen und Wurzeln, die es besonders bei großer Trockenheit mit seinen Stoßzähnen aus dem Boden herauswühlt. Nachts und in der heißesten Tageszeit zieht es sich in Erdlöcher zurück und ruht.

Warzenschweine suhlen sich gern im Wasser, daher muss ihr Revier, das sie mit mehreren Familiengruppen teilen, auch in der Nähe einer Wasserstelle sein. Sie ist zugleich auch Tränke für die Tiere.

Die Paarung findet in der Regel während der Regenzeit statt. Nach ungefähr 170 Tagen werden zwischen zwei und vier Frischlinge geboren, die dann ca. vier Monate lang gesäugt werden.

Warzenschwein

Verbreitung: **Südafrika**
Lebensraum: **Savanne und Steppenlandschaft mit Wasserstellen**

Flusspferd

In den wasserreichen Gegenden Mittelafrikas ist das Flusspferd zu Hause. Mit seinem massigen Körper, der etwa 4 m lang ist, wiegt es bis zu 60 Zentner.

Kennzeichnend für das Flusspferd ist die plumpe, fast viereckige Gestalt des Körpers mit dem mächtigen Schädel. Die Augen und Ohren sind klein, die Nasenlöcher hingegen groß und schlitzfömig.

Das Flusspferd hat ein riesiges Maul mit besonders mächtigen Eckzähnen, den Hauern, die bis zu 70 cm lang und 4 kg schwer sein können. Damit kann es seinen Rivalen Angst einjagen, indem es sein Maul ganz weit aufsperrt und ein fürchterliches Gebrüll anstimmt.

Im Kampf, wenn es um die Leitung der Gruppe oder die besten Plätze am Ufer geht, stürmen Flusspferde aufeinander zu und schlagen sich mit seitlichen Kopfdrehungen die Hauer gegenseitig in den Körper.

Flusspferde leben in Gruppen von etwa 15 Tieren, die von einem Männchen angeführt werden.

Flusspferde sind gute Schwimmer. An ihren kurzen, dicken Beinen befinden sich Füße, deren Zehen mit Schwimmhäuten verbunden sind.

Einen großen Teil des Tages verbringen sie im Wasser, wo sie auch nach Wasserpflanzen tauchen. Sie können bis zu sechs Minuten unter Wasser bleiben. Will das Tier atmen, braucht es nur den Kopf ein wenig aus dem Wasser zu heben, denn Nasenlöcher sowie Augen und Ohren liegen erhöht in einer Ebene.

Neben Wasserpflanzen ernährt sich das Flusspferd auch von Gräsern und Früchten, die es an Land findet.

Die jungen Flusspferde werden im Wasser geboren. Hier findet zuvor auch die Paarung statt. Nach einer Tragzeit von 230–240 Tagen kommt das Junge im flachen Wasser zur Welt. Es wird etwa ein Jahr lang gesäugt.

Liegen Flusspferde zum Ruhen oder Sonnen am Ufer, kommen kleine starenähnliche Madenhacker und Kuhreiher, um die fast unbehaarte Haut der Flusspferde von Egeln, Zecken usw. zu befreien.

Flusspferd

Verbreitung: **Flüsse und Seen**
Lebensraum: **Afrika südlich der Sahara**

KAPITEL 9

Rüssel-tiere

Rüsseltiere sind die größten heutigen Landtiere. Früher waren diese Tiere in zahlreichen Arten über die ganze Erde verbreitet. Zu ihnen gehörte u. a. das seit langem ausgestorbene Mammut. Heute gibt es nur noch zwei Arten, nämlich den Indischen und den Afrikanischen Elefanten.

Sie sind mit 4 m Schulterhöhe und fast 6 000 kg Gewicht die größten Landtiere. Ihre Beine sind dick und säulenförmig mit einer breiten Trittfläche, gebildet aus einer dicken Hornmasse.

Ihre charakteristischen Merkmale sind der große Kopf mit riesigen Ohrmuscheln, die Umbildung der oberen Schneidezähne zu Stoßzähnen und die zu einem Rüssel verlängerte Nase und Oberlippe.

Der Rüssel der Elefanten hat viele verschiedene Aufgaben. Mit dem so genannten Rüsselfinger wird er zum Greiforgan. Weiterhin kann der Elefant mit seinem sensiblen Rüssel trinken, fressen und riechen sowie ihn als Waffe einsetzen.

Elefanten sind Pflanzenfresser und leben in den Steppen und Wäldern in Herden zusammen. Sie können bis zu 60 Jahre alt werden.

Asiatischer Elefant

Der Indische oder Asiatische Elefant gehört neben dem Afrikanischen Elefanten zur Familie der Rüsseltiere. Vom Afrikanischen Elefanten unterscheidet er sich durch seine kleineren Ohren und seine geringere Körpergröße. Er wird bei einer Körperlänge von 5,5–6 m ungefähr 3 m hoch und wiegt etwa 5 t. Die Weibchen besitzen normalerweise keine Stoßzähne. Am Rüsselende befinden sich jedoch zwei Hautlappen zum Greifen und Untersuchen von Gegenständen und Nahrung aller Art.

Der Lebensraum der Asiatischen Elefanten sind die Grassteppen und Wälder in Indien, Südostasien, Sumatra und Sri Lanka. Auch hier ernähren sich die Elefanten von Gras, Blättern und anderen Pflanzenteilen.

Die Herden werden von einer erfahrenen Kuh geführt. Männer sind bis auf einen älteren Bullen unerwünscht. Die Männer bilden meist in der Nähe eine eigene Herde.

Während der Paarungszeit sondern Elefanten aus Drüsen, die sich im seitlichen Kopfbereich befinden,

Asiatischer Elefant (Skelett)

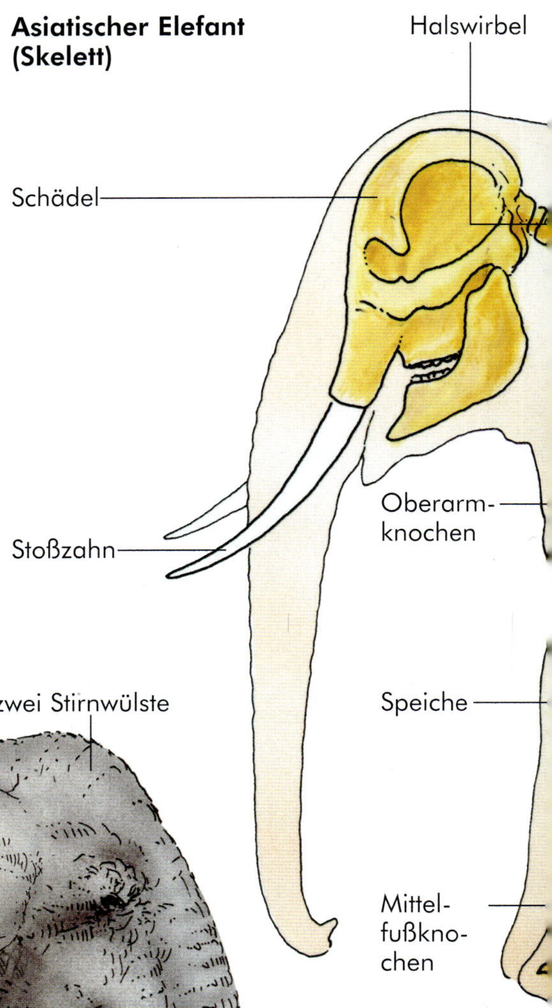

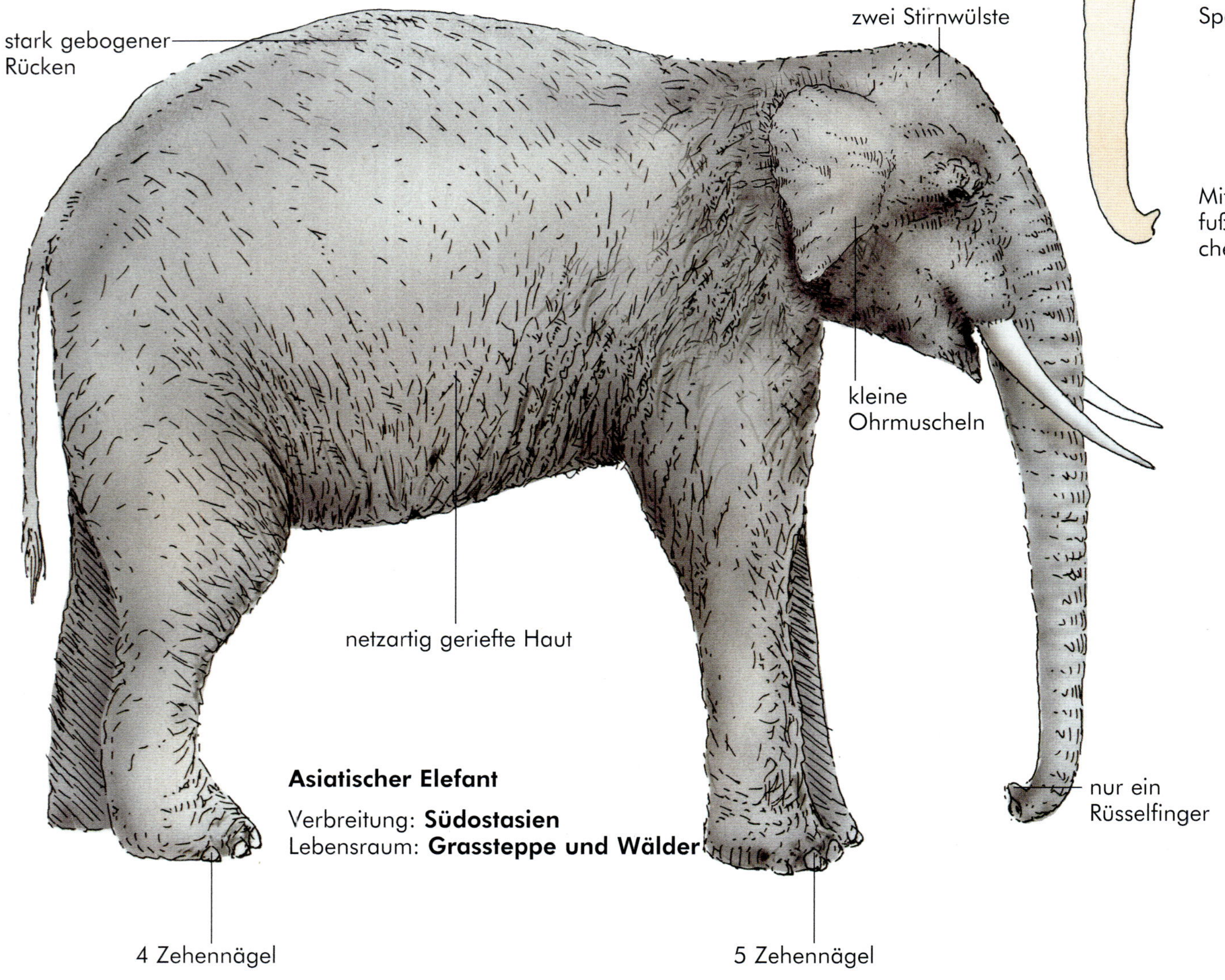

Asiatischer Elefant

Verbreitung: **Südostasien**
Lebensraum: **Grassteppe und Wälder**

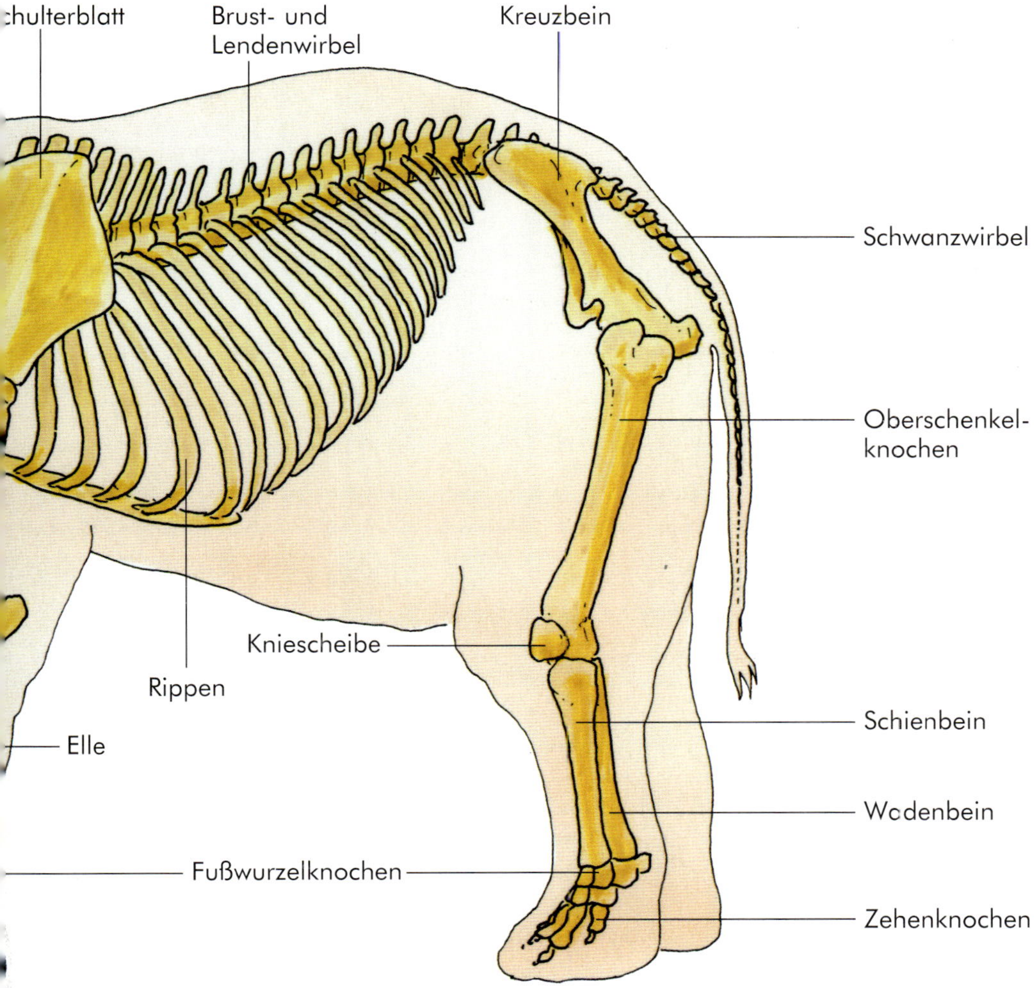

eine stark riechende Flüssigkeit ab. In dieser Zeit sind die Tiere oft unberechenbar und aggressiv. Nach einer Tragezeit von 21 Monaten bringt die Elefantenkuh ein Junges zur Welt. Dieses wird zwei Jahre gesäugt und bleibt auch später noch lange bei seiner Mutter.

Im Gegensatz zu seinen afrikanischen Verwandten werden Asiatische Elefanten als Arbeitstiere gezähmt. Besonders bei Holzfällarbeiten in bergigem Gelände leisten sie mit ihrer Kraft gute Arbeit. Geführt werden sie dabei von so genannten Mahouts. Bekannt sind Arbeitselefanten schon seit mindestens 4 000 Jahren. Auch wurden sie immer wieder in Kriegen genutzt. So begleiteten sie 218 v. Chr. den Feldherren Hannibal und sein Heer über die Alpen in einen Krieg gegen die Römer.

Da sich Elefanten in Gefangenschaft kaum vermehren, werden oft wilde Elefantenkälber gefangen. Ab ihrem 14. Lebensjahr werden sie ausgebildet und ab ihrem 25. auch für schwere Arbeiten eingesetzt.

Asiatischer Elefant, weiblich **(Anatomie)**

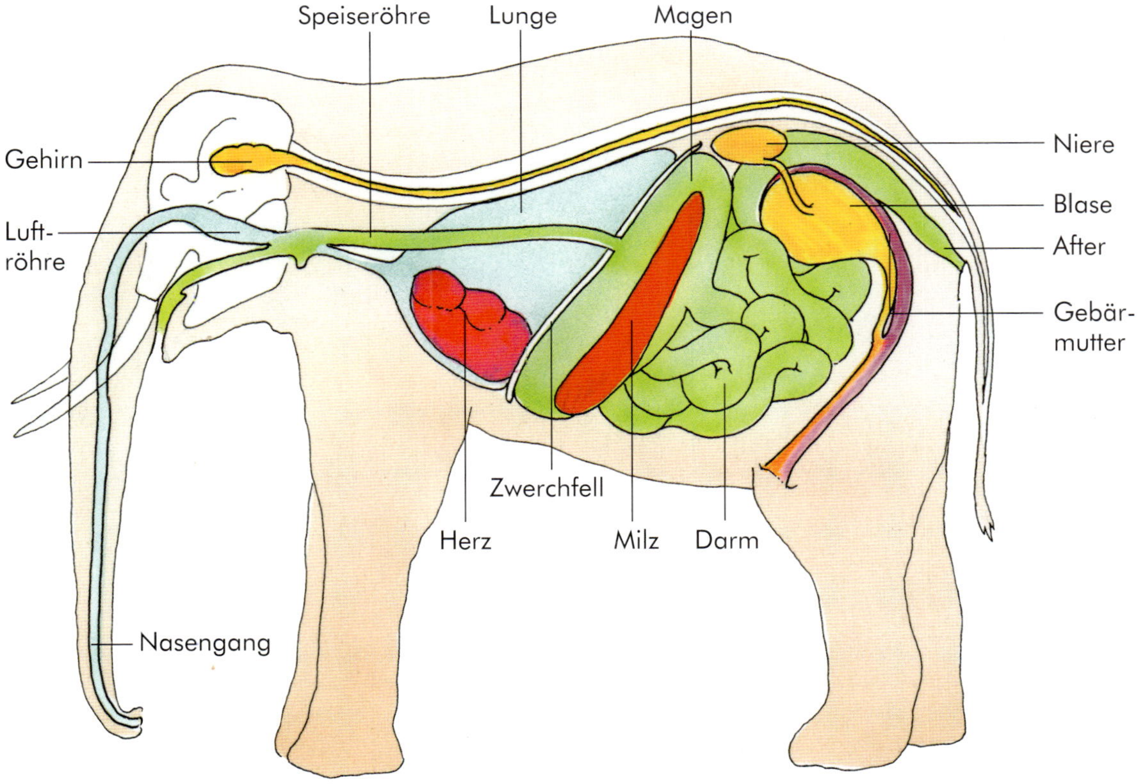

Elefanten laufen auf ihren Zehenspitzen. Bei Asiatischen Elefanten sind es vorn fünf, hinten vier Zehen, beim Afrikanischen je eine Zehe weniger.
Die einzelnen Zehen sind gespreizt und werden von einem elastischen Polster gestützt. Es besteht aus Fett und elastischen Fasern, auf denen die Knochen ruhen. Von außen sieht man nur den runden weichen Fuß und eine Art Nagel an der Stelle, an der der Zeh endet. So sind die Knochen gut geschützt und das Gewicht verteilt sich auf eine größere Fläche. Dieses zusammen mit dem Polster ermöglicht den tonnenschweren Tieren ihren leisen und federnden Gang.

Afrikanischer Elefant

Der Afrikanische Elefant ist das mächtigste lebende Landtier. Sein Lebensraum sind die Wälder, Savannen und Flusstäler Afrikas südlich der Sahara.

Mit ihrem Rüssel packen Elefanten Blätter, Zweige, Früchte und Wurzeln, reißen sie ab und führen sie zum Mund. Tagsüber sieht man Elefanten jedoch kaum fressen, eher ruhen, denn ihre aktive Zeit ist die Nacht, der Morgen und der Abend. Pro Tag frisst ein Elefant bis zu 300 kg Pflanzen. Dazu muss er 80 l Wasser trinken.

Das Allzweckorgan der Elefanten, der Rüssel, ist eigentlich die verlängerte Oberlippe. Deshalb enthält sie auch keine Knochen, ist aber sehr muskulös. Durch die Nasenlöcher wird Wasser eingesogen, das anschließend wieder in den Mund ausgelassen wird. Der Rüssel dient zum Trompeten, zum Aufnehmen von Staub für Staubbäder und zum Riechen. Dazu strecken die Tiere ihren Rüssel oft hoch in die Luft und wittern nach Wasser, Nahrung oder Gefahren. Zudem können Elefanten mit einem Hautlappen am Ausgang des Rüssels allerlei Dinge greifen: Laub von Bäumen ebenso wie die Hand eines Zoobesuchers, der sich zu weit über die Brüstung lehnt.

Der Rüssel ist für Elefanten fast so etwas wie die Hand für den Menschen. Seine enorme Beweglichkeit erhält er durch die Muskelpakete rund um das lange Nasenloch. Steife Knochen fehlen. Seine Länge reicht nicht nur aus, um Wasser oder Nahrung vom Boden in den eigenen Mund zu transportieren, sondern auch das Maul des Partners zu inspizieren.

Neben dem Rüssel sind wohl die Ohren das auffälligste Merkmal. Sie werden beim Afrikanischen Elefanten 1,5 m groß. Jedoch dienen sie weniger einem besseren Hören als vielmehr der Ventilation in sengender Hitze. Auch wird ihnen eine Funktion bei der optischen Kommunikation zugeschrieben. Das Sehvermögen der Elefanten ist dagegen schlecht, denn die Augen sind klein. Zudem ist der Kopf nur wenig beweglich, so dass das Gesichtsfeld trotz der Lage der Augen an den Seiten des Kopfes eher klein ist.

Männliche Elefanten erreichen bei einer Körperlänge von 6–7,5 m eine Schulterhöhe von bis zu 4 m. Ihr Gewicht wächst auf bis zu 7,5 t in ihrem 30–40 Jahre langen Leben.

Stoßzähne besitzen weibliche wie männliche Tiere, auch wenn sie bei den kleineren Weibchen kürzer sind. Sie sind tief im Schädel eingebettet und können bis zu 3,5 m lang werden. Von den übrigen Zähnen wird nur der jeweils erste Backenzahn zum Zerkauen der harten Pflanzenteile verwendet. Ist er abgenutzt, rutscht der jeweils hintere nach vorn. Ist keiner mehr da, verhungern die Tiere.

Kaum zu glauben, aber die schweren Kolosse sind ausgesprochen leise Läufer und auch ziemlich schnell, wenn sie bei einem Angriff bis zu 40 km/h erreichen. Wandernde Elefanten sind jedoch kaum schneller als flotte Fußgänger. Meist laufen sie dabei im Gänsemarsch. Die Zehen, auf denen die Elefanten ähnlich den Huftieren laufen,

besitzen ein dickes, federndes Polster. Zum Springen sind die Tiere unfähig, so dass sie Gräben nur durchlaufen können oder auf der jeweiligen Seite bleiben müssen. Flüsse und Seen dagegen durchschwimmen sie. Das Wasser hilft ihnen dabei sogar, ihr Gewicht zu tragen.

Elefanten leben vorzugsweise in Herden. Meist sind es Familienverbände, in denen alle Tiere miteinander verwandt sind. Anführerin ist das älteste Weibchen, dem sich die anderen Weibchen und Jungtiere unterordnen. Auch einige Bullen ziehen mit dem Verband. Andere leben allein oder bilden gesonderte Gruppen.

Afrikanischer Elefant
Verbreitung: **In Afrika, südlich der Sahara**
Lebensraum: **Wald und Savanne**

Die Geschlechtsreife ist erst mit 15–16 Jahren erreicht. Zur Paarung trennt sich das Paar von der Herde. Nach einer Tragzeit von 22 Monaten bringt die Elefantenkuh ein Junges in einem zuvor ausgepolsterten Versteck zur Welt. Es kann nach wenigen Tagen der Herde folgen und wird fünf Jahre gesäugt. Schutz findet es im Kreis seiner Herde, wenn ein Tiger oder ein Leopard es sich als Mahlzeit ausgesucht hat. Andere Feinde als den Menschen gibt es nicht.

Der Mensch jagte so intensiv dem Elfenbein der Tiere nach, dass die Elefanten nur noch in Reservaten überleben konnten. Inzwischen haben sie sich wieder so stark vermehrt, dass sie in umliegende Weide- und Ackergebiete auswandern, in denen sie jedoch als Schädlinge erneut verfolgt werden.

Der riesige Afrikanische Elefant unterscheidet sich vom asiatischen Elefanten durch seine gewaltigen Ohren und Stoßzähne. Am Ende des Rüssels hat er zwei „Finger“. Mit diesen umschlingt er Pflanzen, um sie dem Maul zuzuführen. Bis zu 300 kg Pflanzenkost nimmt er pro Tag auf diese Weise auf.

KAPITEL 10

Meeressäuger

Ohne Ausnahme stammen alle heutigen Meeressäuger von Landtieren ab. Die ältesten Meeressäuger sind vermutlich die Wale. Sie haben sich mit ihrer fischähnlichen Form und der Umbildung ihrer Arme und Beine zu Flossen dem Leben im Wasser bereits am weitesten angepasst.

Das gilt auch für die Seekühe, die gemeinsame Vorfahren mit den Elefanten haben. Nur die mit den Bären verwandten Robben können noch mehr oder weniger auf ihren Flossenfüßen an Land watscheln. Sie müssen auch als einzige Meeressäuger ihre Jungen an der Luft zur Welt bringen. Seekühe und Wale gebären im Wasser.

Insbesondere Wale unternehmen dazu lange Wanderungen in warme Meere, obwohl sie die meiste Nahrung in kalten Gewässern finden. Aber die Neugeborenen würden im kalten Wasser schnell unterkühlen und erfrieren.

Dass zu den Meeressäugern sowohl Räuber (Robben und Zahnwale) als auch Vegetarier (Seekühe und Bartenwale) zählen, erklärt sich durch die unterschiedliche Abstammung.

Bei allen gleich sind jedoch einige Anpassungen an den Lebensraum Wasser: Das Fell aus Haaren ist oft zurückgebildet oder verschwunden, denn die an Land isolierende Luft zwischen den Haaren existiert im Wasser nicht. Den Schutz vor Auskühlung übernimmt eine dicke Speckschicht, die vor allem Wale zu einer begehrten Jagdbeute machte.

Auch das tonnenschwere Gewicht der Wale ist nur durch das Wasser möglich, denn es trägt die Tiere. Stranden sie, erdrücken sie sich mit ihrem eigenen Körpergewicht.

Schweinswal
Verbreitung: **Ost- und Südostasien**
Lebensraum: **Küsten, Meeresbuchten, Flüsse**

Große Tümmler
Verbreitung: **Außer in Polargebieten in allen Meeren**
Lebensraum: **Küstengewässer**

Delphin
Verbreitung: **Außer in Polargebieten in allen Meeren**
Lebensraum: **Küstengewässer**

Wale

Wale sind Säugetiere, die ausschließlich im Wasser leben. Sie haben eine fischähnliche Gestalt, die dem Schwimmen angepasst ist und sind oft von gewaltiger Größe. Je nach Art schwankt diese zwischen 2 und 34 m. Ihr Gewicht liegt zwischen 25 und 140 t.

Wale haben einen massigen, haarlosen Körper, der nach außen keinerlei Gliederung zeigt und ohne Grenze in einen großen Kopf übergeht. Hier befindet sich ein lippenloser Mund, der entweder zahlreiche Zähne (Zahnwale) oder Barten (Bartenwale) enthält.

Die Vordergliedmaßen der Wale haben die Gestalt von Flossen, die hinteren sind zurückgebildet. Zur Fortbewegung dient eine Schwanzflosse, die im Gegensatz zu Fischen waagerecht verläuft. Sie ermöglicht das Auf- und Abtauchen beim Beutefang in unterschiedlichen Meerestiefen. Wale sind sehr gute Schwimmer und tauchen wie der Pottwal bis zu 2 000 m tief. Unter der Haut befindet sich häufig eine gewaltige Fettschicht. Sie dient als Wärmeisolierung.

Die Augen der Wale sind sehr klein, das innere Augenlid fehlt. Wale können sich mit zahlreichen Tönen, die teilweise im Ultraschallbereich liegen, untereinander verständigen. Ebenso findet eine Ortung von untermeerischen Felsen oder Fischschwärmen mit Hilfe von Ultraschall statt.

Die Nase, deren höchste Öffnung ganz oben auf dem Schädel liegt, fungiert als Spritzloch. Dieses verläuft durch die Nasenhöhle direkt in den Kehlkopf. Von hier gibt es eine Verbindung zu einer breiten Luftröhre, die in eine große Lunge mündet. Durch diese Nasenöffnung spritzt der Wal beim Auftauchen die verbrauchte Luft aus, die als mehrere Meter hohe Dampffontäne sichtbar ist. Ruhig schwimmende Wale atmen etwa alle eineinhalb Minuten ein und aus, manche Wale halten es aber auch über eine Stunde unter Wasser aus.

Die Nahrung der erwachsenen Wale ist sehr unterschiedlich. Während Bartenwale sich überwiegend von Plankton und Kleintieren ernähren, jagen Zahnwale Robben, Fische und andere Meerestiere. Die Unterteilung in Zahn- und Bartenwale ergibt sich aus dem Vorhandensein von Zähnen oder Barten im Maul.

Größenvergleich der Wale

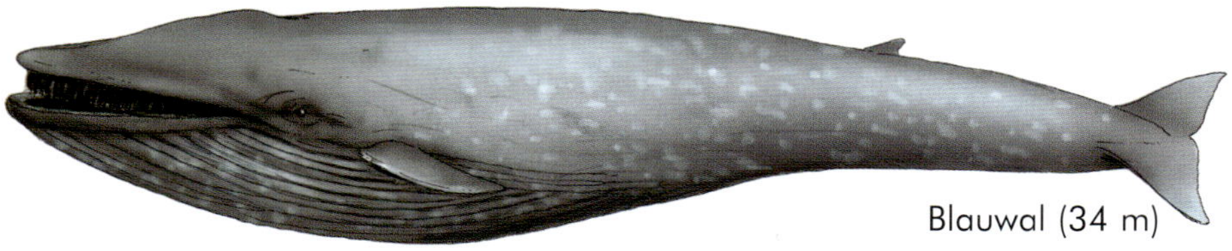

Delphine

Zur Familie der Delphine, die zu den Waltieren (Zahnwale) gehört, zählen insgesamt 32 Arten, die man in allen Ozeanen sowie in tropischen Flüssen findet. Sie sind ständig im Wasser lebende Säugetiere, die durch Lungen atmen.

Mit ihren stromlinienförmigen Körpern und den schnabelförmigen Mäulern gehören sie zu den kleinsten Waltieren. Einige Angehörige dieser Familie sehen ganz anders aus, sie sind viel größer: gemeint sind der Schwertwal (Orka) und auch der Grindwal.

Delphine sind schnelle Schwimmer. Ihre Nahrung, die aus Fischen, Krebstieren, Tintenfischen usw. besteht, finden sie meist nah an der Wasseroberfläche. Dabei kommen sie mehrmals pro Minute zum Atmen an die Wasseroberfläche.

Mit Hilfe von Ultraschalltönen können Delphine sich unter Wasser zurechtfinden. Diese Töne reflektieren an Hindernissen, aber auch an Beutetieren.

Der Große Tümmler ist einer der bekanntesten Delphine, denn er ist in allen Ozeanen der Erde zu Hause (außer Polargebiete).

Delphine sind hochintelligente Tiere, die in allen Ozeanen und einigen tropischen Flüssen leben. In ihrem großen Gemeinschaftsbewusstsein kommen sie auch verwundeten Artgenossen zu Hilfe. Wird ein Delphin von einer Schiffsschraube verletzt und sinkt zu Boden, müsste er ersticken, käme er nicht in den nächsten Minuten zum Atmen an die Wasseroberfläche. Genau wie Jungtiere zum ersten Atemzug an die Wasseroberfläche gebracht werden, wird auch ein verletztes Tier von seinen Artgenossen nach oben getragen.

Delphin (Skelett)

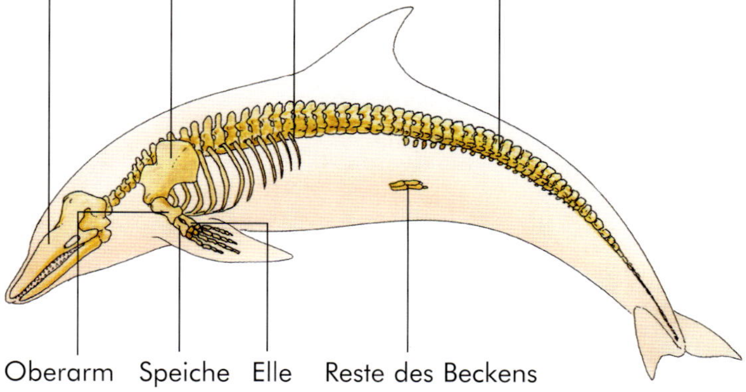

Delphin, männlich **(Anatomie)**

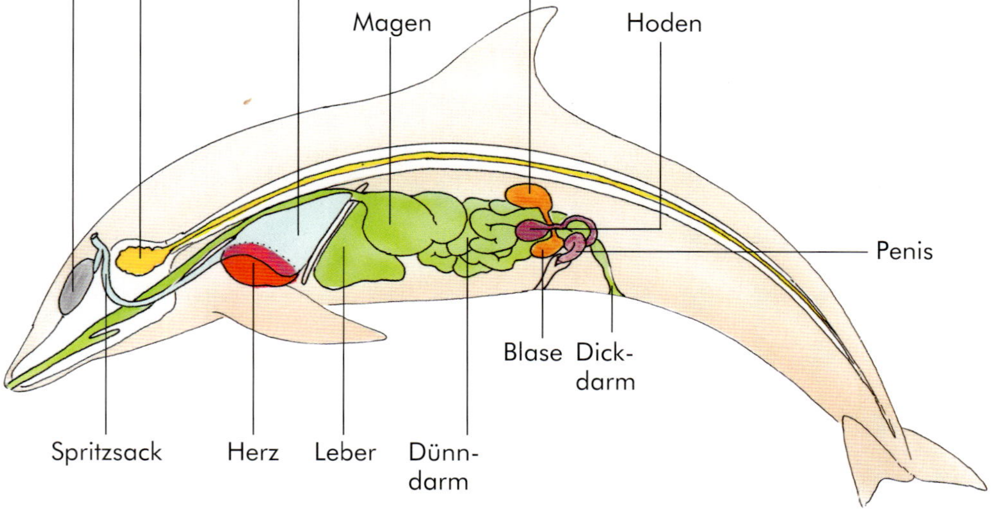

Schwertwal (Orka)

Der Schwertwal, der auch als Orka bekannt ist, ist der größte der Familie der Delphine, er zählt ebenfalls zu den Zahnwalen. Er lebt in den kälteren Meeren dieser Erde und bevorzugt die Küstengewässer.

Dieses kräftige, stromlininenförmige Tier wird bis zu 9,5 m lang. Die Rückenflosse kann bei einem Männchen allein schon 2 m hoch sein. Bei den Weibchen ist sie kleiner.

Schwertwale leben in familiären Gruppen und jagen auch gemeinsam. Sie haben zwar keine festgelegten Wanderrouten, legen aber bei der Suche nach Nahrung große Entfernungen zurück.

Mit 40–50 messerscharfen Zähnen ausgestattet, verfolgen sie Fische, Seelöwen, ja sogar andere Wale.

Zum Aufspüren von Tieren im trüben Wasser geben Schwertwale Laute zur Echopeilung von sich, die sich von denen der anderen Delphine aber stark unterscheiden.

Schwertwal (Orka)

Verbreitung: **In kälteren Meeren**
Lebensraum: **Küstengewässer**

Pottwal

Verbreitung: **Alle Meere**
Lebensraum: **Gemäßigte und tropische Gewässer**

Pottwal

Der Pottwal ist der größte der Zahnwale. Allein sein riesiger Kopf macht schon ein Drittel seiner Körperlänge von 10–20 m aus. Der Unterkiefer ist sehr klein und weit nach hinten verschoben. Ein langer, kräftiger Schwanz dient zur Fortbewegung, die Brustflossen sind sehr kurz.

Pottwale können über 1 000 m tief tauchen. Eine Besonderheit der Pottwale macht dieses möglich. In einem Hohlraum über dem Oberkiefer, der zahnlos ist, befindet sich eine wachsartige, flüssige Masse, die man als Spermazeti oder Walrat bezeichnet. Sie dient zur Regulierung des Auftriebes in großen Tiefen.

Beim Aufspüren von Beutetieren in der Dunkelheit des tiefen Meeres hilft ein Ultraschallsystem. Hauptnahrung sind Tintenfische, Krebse und andere Meerestiere.

Im Frühling ziehen alle Pottwale zu den Polen, im Herbst zum Äquator zurück. Die Weibchen und die Jungen bleiben in gemäßigten Zonen.

In den tropischen Gewässern kämpfen Pottwale um Harems, die aus 20–30 fruchtbaren Weibchen und Jungen bestehen. Männliche Wale, die jünger als 25 Jahre alt sind, bilden eigene Gruppen.

Nach einer Tragzeit von 14–16 Monaten bringen Weibchen unter Mithilfe der anderen ein Junges zur Welt, das von den Helferinnen sogleich an die Wasseroberfläche gebracht wird. Dort macht es seinen ersten Atemzug. Junge Pottwale werden zwei Jahre lang gesäugt.

Blauwal

Der Blauwal, der zu den Furchenwalen (Bartenwal) gehört, ist das größte Säugetier, das jemals gelebt hat und lebt. Er ist in allen Meeren zu finden und erreicht eine Länge bis zu 32 m. Dabei bringt er es auf ein Gewicht von 150 t. Die weiblichen Blauwale sind größer als die Männchen.

Blauwal

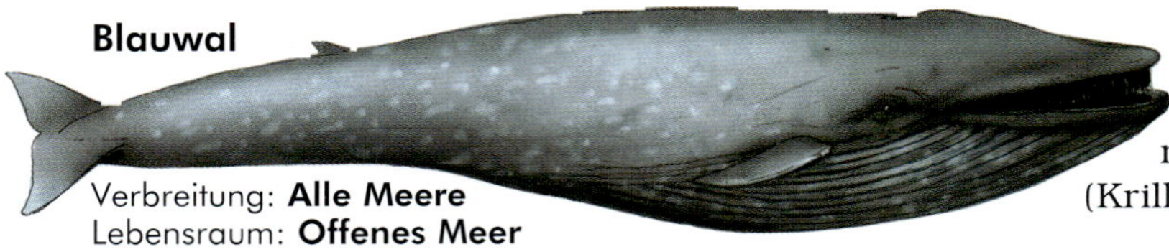

Verbreitung: **Alle Meere**
Lebensraum: **Offenes Meer**

Diese gewaltigen Tiere leben ausschließlich von kleinen Planktonkrebsen (Krillkrebse). Davon fressen sie im Sommer etwa 4 000 kg pro Tag. Ziehen sie im Herbst Richtung Äquator, fressen sie kaum. Dort findet die Paarung statt.

Die Tragzeit bei Blauwalen beträgt 11–12 Monate, so dass die Jungen in den warmen Gewässern nahe dem Äquator geboren werden.

Blauwale sind vom Aussterben bedroht, obwohl sie seit 1967 offiziell unter Naturschutz stehen.

Buckelwal

Auch Buckelwale zählen zu den Furchenwalen (Bartenwal). Sie leben in allen Meeren, verbringen die Sommer aber vorzugsweise am Packeis.

In Gruppen kreisen sie Fische und andere Nahrungstiere ein und erzeugen eine Wand aus Luftblasen um sie herum, die die Beute nicht zu durchbrechen wagt. Dann schwimmen die Wale mit geöffnetem Maul in die Schwärme hinein, dehnen dabei ihre Kehle gewaltig auf, schließen das Maul wieder bis auf einen schmalen durch die Barten versperrten Schlitz und stoßen das Wasser aus. Die Beutetiere bleiben innen hängen und wandern in den Walmagen.

Bei fast 20 m Länge und mehreren Tonnen Gewicht, sind das einige Fischschwärme am Tag. Beim Untertauchen wölben die Wale in charakteristischer Weise ihren Rücken zu einem Buckel. Der Schwanz besitzt individuelle Formen und vor allem weiße Zeichnungen, die eine Unterscheidung der Tiere ermöglicht.

Buckelwale können bis 15 m hoch aus dem Wasser springen. Da dies besonders häufig zur Zeit der Paarung und Geburten geschieht, zu der sich die Tiere in der Nähe von Inseln und Küsten aufhalten, konnten schon viele Menschen dieses Schauspiel beobachten.

Die Werbung um ein Weibchen kann sehr unterschiedlich ausfallen. Einige Männchen folgen der auserkorenen Frau tagelang. Andere versuchen die Weibchen durch lange und komplizierte Gesänge anzulocken. Aber auch blutige Kämpfe wurden beobachtet.

Buckelwale wurden bereits 1944 unter Naturschutz gestellt, obwohl sie nie zur Hauptbeute der Walfänger zählten. Trotzdem hatte der Walfang den Bestand stark dezimiert. Neben dem Menschen stellt nur noch der Schwertwal den Buckelwalen nach. Derzeit sollen im Atlantik etwa 11 000 Tiere leben.

Buckelwal
Verbreitung: **Südliche und Nördliche Erdhalbkugel**
Lebensraum: **Polarmeere und tropische Gewässer**

Grönlandwal

Der Grönlandwal aus der Familie der Glattwale (Bartenwale) lebt im Nordpolarmeer. Er wird zwischen 15 und 20 m lang.

Der Kopf der Grönlandwale ist riesig. Nach hinten läuft der Körper bis hin zur Schwanzflosse schmaler zu. Der Grönlandwal hat stark gewölbte Kiefer, die den bis zu 4,5 m langen Barten Platz geben. Es sind die längsten Barten, die überhaupt ein Bartenwal hat.

Die Nahrung der Grönlandwale besteht aus kleinen Krillkrebsen, die sie mit ihren Barten fassen.

Die Paarung erfolgt im Frühjahr, ebenfalls die Geburt der Jungen nach 11–12 Monaten. Diese werden ein Jahr lang gesäugt.

Der Grönlandwal gehört zu den bedrohten Arten. Er wurde im letzten Jahrhundert stark verfolgt. Es gibt heute nur noch sehr wenige Exemplare.

Grönlandwal
Verbreitung: **Nordpolarmeer**
Lebensraum: **Küstengewässer**

Sattelrobbe
Verbreitung: **Gewässer der nördlichen Erdhälfte**
Lebensraum: **Treib- und Eisschollen in arktischen und subarktischen Gewässern**

Robben

Die über 30 Arten der Robben sind die einzige Ordnung der Raubtiere, die im Wasser leben. Zu ihnen zählen See-Elefant, Seelöwe, Walross und Seehund. Ihr Körperbau unterscheidet sich maßgeblich von denen anderer Säugetiere.

Am auffälligsten ist die Umwandlung ihrer vier Gliedmaßen zu kräftigen Schwimmflossen. Der Körper sieht spindelförmiger aus. Er ist von einer dicken Speckschicht umgeben und trägt ein kurzes Haarkleid. Die Tiere sind hervorragende Schwimmer und jagen überwiegend nach Fischen.

Erstaunlicherweise sind ihre nächsten Verwandten die Bären, mit denen sie gemeinsame Vorfahren haben. Die ältesten Robbenüberreste fand man in Erdschichten, die ungefähr 20 Mio. Jahre alt sind.

Robben sind über alle Meere der Welt verbreitet, die meisten jedoch in kalten Gewässern. Viele halten sich in Küstennähe auf.

Die Größe der Robben schwankt beträchtlich. Kleine Arten werden bei 120 cm nur bis zu 70 kg schwer, große Arten wiegen bei einer Größe von 6,50 m bis zu 3 500 kg.

Obwohl sie im Wasser leben, suchen sie doch in der Paarungszeit und für Sonnenbäder das Land auf. Dort können sie sich allerdings nur mühsam vorwärts bewegen, ähnlich den langsamen Raupen. Im Wasser dagegen sind Robben meist schnell und sicher. Bei Gefahr werden heisere Laute ausgestoßen, die bellend oder blökend klingen.

Die meisten Robben leben gesellig in Herden oder Großfamilien. Ein Männchen kann einen Harem von bis zu 40 Weibchen um sich scharen. 8–10 Monate nach der Paarung bringen die Weibchen ein, manchmal zwei Junge zur Welt, die sich schnell entwickeln.

Robben haben nur wenige Feinde. Ihr größter ist der Mensch. Jährlich findet ein grausames Robbenschlachten statt. Daher ging ihre Zahl bereits beträchtlich zurück. Begehrt sind vor allem die Zähne und das Fell, aber auch ihr Tran und Fett.

Seelöwe
Verbreitung: **Westküste Amerikas, Südwestaustralien**
Lebensraum: **Küstengewässer und Inseln**

Innerhalb der Robben unterscheidet man Walrosse, Hunds- und Ohrenrobben. Ohrenrobben besitzen tatsächlich Ohren, wenn auch nur kleine Ohrmuscheln. Die insgesamt 13 Arten unterteilen sich nochmals in Haarrobben bzw. Seelöwen und Pelzrobben bzw. Seebären. Letztere besitzen ein dichteres Unterhaar als die Haarrobben.

Im Gegensatz zu den Ohrenrobben können Hundsrobben nicht einmal mehr watscheln, sondern nur noch robben. Ohren fehlen ihnen völlig. Der Seehund ist ein typischer Vertreter dieser Gruppe, zu der auch Baikal-, Kegel-, Sattel- und Bartrobben gehören. Ebenfalls zu den Hundsrobben zählt man auch Mönchs- und Südrobben (Krabbenfresser, Seeleopard, Weddelrobbe) sowie Rüsselrobben (Klappmütze, See-Elefant).

Seehund

Der Seehund (Hundsrobbe) kommt in den gemäßigten und subarktischen Gewässern des Nordatlantiks und des Nordpazifiks vor. Auch in Nord- und Ostsee kann man ihn beobachten.

Seehund

Verbreitung: **Nordatlantik, Nordpazifik**
Lebensraum: **Gemäßigte, subarktische Küstengewässer**

Seehund (Skelett)

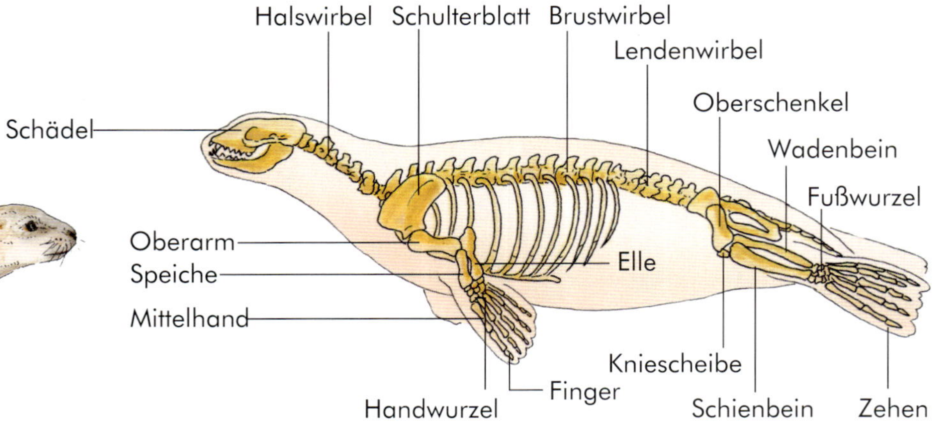

Diese Robbenart verbringt den meisten Teil des Tages im Wasser. Nur zum Sonnen oder zum Schlafen geht sie auf den Strand oder aufs Eis.

Man trifft den Seehund meist in größeren Rudeln an und hört sein heiseres Bellen schon von weitem. Sein Kopf ist relativ groß mit einer Nasenöffnung, die V-förmig verläuft. Der Körper ist gedrungen, zur Fortbewegung dienen kurze Flossen, deren Zehen mit Schwimmhäuten überzogen sind. Während die Vorderbeine sich beim Schwimmen eng an den Körper legen, sind die Hinterbeine nach hinten gestreckt und die Fußsohlen wenden sich zu. Durch Zusammenschlagen der Füße wird das dazwischen liegende Wasser verdrängt, d. h. nach hinten gestoßen. So wird der Körper vorwärts getrieben.

Das glatt anliegende Fell ist grau mit dunkleren Flecken. Gegen die Kälte des Wassers ist das Tier durch eine dicke Speckschicht geschützt. Die Weibchen sind kleiner als die bis zu 1,90 m langen Männchen.

Die Nahrung des Seehundes besteht aus Fischen, Krebstieren und Tintenfischen. Diese fängt er in einer Tiefe von 50 m oder tiefer. Seehunde tauchen meist nur 4–5 Minuten, können aber leicht 20 Minuten unter Wasser bleiben. Ihr Gebiss ist dem der Landraubtiere sehr ähnlich. Für jeden Atemzug öffnen sich die spaltenförmigen Nasenlöcher sehr weit. Beim Tauchen schließen sie sich genau wie die Gehörgänge.

So geschickt der Seehund im Wasser ist, so ungelenk bewegt er sich an Land. Hier kann er sich nur nach Art der Robben voranbewegen, d. h. er zieht den hinteren Teil des Körpers an und wirft dann den gesamten Körper nach vorn. An Land ist er leichte Beute für Menschen und Eisbären.

Seehundweibchen bringen nach einer Tragzeit von 10–11 Monaten ein Junges (selten zwei) zur Welt.

Walross

Das Walross ist ein merkwürdiges Tier. Es kommt in den kalten Gewässern des Nordpols vor.

Walrossbullen erreichen eine Länge von 3,75 m Länge und ein Gewicht von 1 500 kg. Die Weibchen sind etwas kleiner.

Besonders auffällig an diesem plumpen, riesigen Tier sind die nach unten gerichteten Stoßzähne, die sich aus den oberen Eckzähnen gebildet haben. Bei dem Weibchen sind sie ebenfalls vorhanden, aber viel kürzer und schmaler.

Walrosse leben nicht wie andere Robbenarten von Fischen, sondern von Muscheln. Diese spüren sie mit ihrem hoch empfindlichen borstigen Schnurrbart auf, wenn sie in Tiefen bis zu 100 m auf Suche sind. Dabei durchpflügen sie den Meeresboden mit ihren Stoßzähnen. Zusätzlich fressen sie Krebse, Seesterne und auch Schnecken.

Walrosse sind in großen Herden anzutreffen. Zur Paarungszeit finden sie sich auf traditionellen Brutplätzen ein. Kommt es zu einer Befruchtung, findet eine verzögerte Einnistung statt, d. h. das Ei nistet sich erst 4–5 Monate später in der

Walross

Verbreitung: **Arktische Gewässer und Nordatlantik**
Lebensraum: **Inseln, Küsten und Packeis**

Gebärmutter ein. Nach einer sich anschließenden wirklichen Tragzeit von 11 Monaten wird ein Junges geboren, selten sogar zwei. Die Mutter bekommt also nur in jedem zweiten Jahr ein Junges, das sie dann zwei Jahre lang säugt.

Für die Eskimos sind Walrosse eine wichtige Beute. Ein Walross liefert eine große Menge Fleisch, ebenso mehrere 100 g Fett für Nahrung und als Brennstoff. Die Haut kann zum Bespannen der Boote verwendet werden. Aus den Elfenbeinstoßzähnen lassen sich Werkzeuge und Harpunenspitzen machen, ebenso wie kleine Figürchen, die viel Geld von den Touristen einbringen.

Weil mehr Walrosse als erlaubt getötet werden, ist ihr Bestand stark gefährdet.

Seekühe

Seekühe, die man auch als Sirenen bezeichnet, sind im Wasser lebende Säugetiere. Sie haben zwar Ähnlichkeit mit Robben, ihre nächsten Verwandten sind aber die Elefanten.

Seekühe gibt es schon seit etwa 50 Mio. Jahren. Heute leben noch vier Arten, die man überwiegend in tropischen und subtropischen Gewässern findet. Sie erreichen bis zu 8 m Länge.

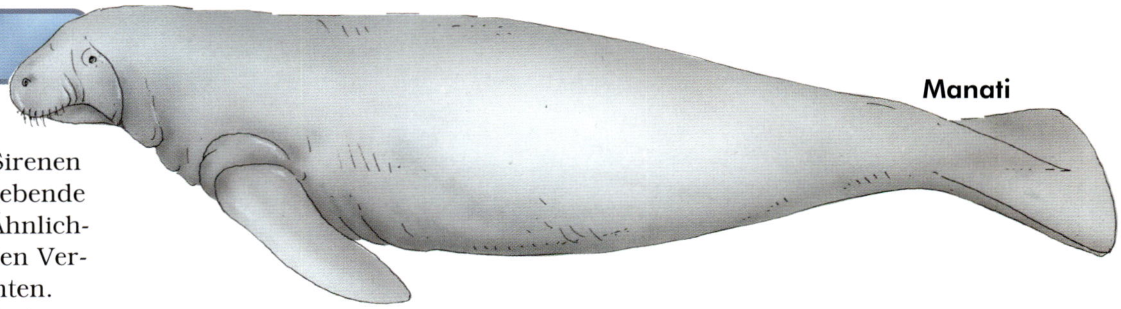

Nur der Nagel-Manati lebt im Meer, genauer: in den warmen Küstengewässern des Atlantik vor Amerika. Sie werden bis 3 m lang und fressen vor allem nachts. Die beiden anderen Manati-Arten bewohnen die großen Fluss-Systeme des Amazonasbeckens und Westafrikas.

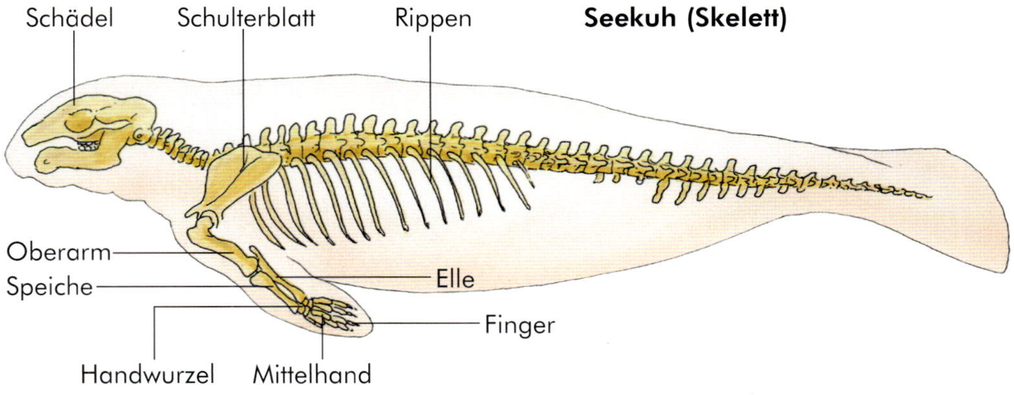

Seekuh (Manati)
Verbreitung: **Süd- und Mittelamerika, Westafrika**
Lebensraum: **Tropische und subtropische Gewässer**

Der plumpe Körper der Seekühe ist nur wenig behaart. An ihrer dickwulstigen Schnauze befinden sich im Bereich der Oberlippe kurze, feste Borsten. Die vorderen Gliedmaßen sind zu Flossen umgewandelt, die hinteren völlig verkümmert. Am Ende des Schwanzes befindet sich ein breiteres Ruder.

Anzutreffen sind Seekühe einzeln oder in Gruppen. Sie ernähren sich ausschließlich von Wasserpflanzen.

Junge werden nach einer Tragzeit von 12–14 Monaten geboren. Je nach Art dauert es bis zu fünf Jahre bis zur Geschlechtsreife.

Je nach Art des Schwanzes unterscheidet man zwei Familien. So genannte **Gabelschwanz-Seekühe** und **Rundschwanz-Seekühe**. Von den Gabelschwanz-Seekühen gibt es heute noch den **Dugong**. Er lebt im Indischen Ozean, im westlichen Pazifik und im Roten Meer. Dieses Tier wird bis zu 3,2 m lang. Die Männchen dieser Familie haben kleine Stoßzähne, die sich aus den Schneidezähnen entwickelt haben. Die ebenfalls zu dieser Gruppe gehörige **Riesenseekuh**, die bis zu 4 000 kg schwer wurde, ist ausgerottet.

Die **Manatis** (Rundschwanz-Seekühe) erreichen eine Länge von 4,5 m. Sie leben in den Flüssen und Meeren des östlichen Mittel- und Südamerikas sowie in Westafrika. Ihnen fehlen Stoßzähne. Sie besitzen lediglich Mahlzähne, die nach Abnutzung ausfallen und erneuert werden.

Die Bestände von Seekühen sind sehr stark zurückgegangen, weil sie im Zuge des Walfanges häufig mit erlegt werden.

REGISTER